DREAMBOOKS

DREAMBOOKS

DREAMBOOKS

DREAMBOOKS

발렌 판타지 장편소설
FANTASY STORY & ADVENTURE

마법군주
인 칼리스타

마법군주 11 칼리스타 공작

초판 1쇄 인쇄 / 2013년 5월 7일
초판 2쇄 발행 / 2015년 9월 18일

지은이 / 발렌

발행인 / 오영배
책임편집 / 편집부
펴낸 곳 / (주)삼양출판사 · 드림북스

주소 / 서울특별시 강북구 도봉로 173
대표 전화 / 02-980-2112 팩스 / 02-983-0660
편집부 전화 / 02-980-2116 팩스 / 02-983-8201
블로그 / blog.naver.com/dreambookss

등록번호 / 제9-00046호
등록일자 / 1999년 3월 11일

ⓒ 발렌, 2013

값 8,000원

(주)삼양출판사 · 드림북스의 서면 허락 없이는 어떠한
형태나 수단으로도 이 책의 내용을 이용하지 못합니다.

ISBN 978-89-542-4313-1 (04810) / ISBN 978-89-542-3334-7 (세트)

* 지은이와 협의하에 인지는 생략합니다.
* 잘못된 책은 구입한 곳에서 바꾸어 드립니다.

이 도서의 국립중앙도서관 출판시도서목록(CIP)은 서지정보유통지원시스홈페이지(http://seoji.nl.go.kr)와 국가자료공동목록시스템(http://www.nl.go.kr/kolisnet)에서 이용하실 수 있습니다. (CIP제어번호: 2013005057)

마법군주
인 칼리스타

제1화	기둥의 몰락	007
제2화	제자리	037
제3화	칼리스타 공작	067
제4화	가면무도회	103
제5화	소풍	131

제6화 마법사들의 대이동 **165**

제7화 발표회 **195**

제8화 아신의 편지 **227**

제9화 작은 소란 **253**

제10화 개통식 **289**

제1화

기둥의 몰락

오늘처럼 당황한 아버지의 모습을 글렌은 본 적이 없었다. 창백하게 질린 얼굴과 멍멍한 표정. 그 어디에도 철혈재상의 면모는 없었다. 공작은 그야말로 패닉 상태였다. 그리고 그건 다른 이들도 마찬가지였다.

"믿을 수 없어. 어떻게 이런 일이……."

"이건 도무지……."

망연히 중얼거리는 것은 스웨르겐 백작과 위클리 백작이었다. 그들이 아까부터 얼이 나간 채 계속 같은 말만을 되풀이했다. 무슨 생각들을 하고 있는지 초점 없는 눈동자가 쉬지 않고 흔들거렸다.

'당분간 대화는 무리겠군.'

글렌은 체념하며 소파 깊숙이 몸을 묻었다.

사실 말을 안 해서 그렇지, 광장에서의 사건은 그에게도 매우 충격적이었다. 아는 것과 직접 체험하는 것은 역시나 큰 차이가 있다. 컴컴해진 하늘 위로 황금빛 드래곤이 위용을 드러낸 순간, 글렌은 공포에 사로잡혔다.

실제로 드래곤이 현신한 것이 아님을 누구보다 잘 알면서도 두려움을 떨쳐낼 수가 없었다. 거대한 브레스가 맥카시 공작을 향해 뿜어지는 찰나에는 자신도 모르게 눈을 질끈 감았다. 꿈에서조차 마주하고 싶지 않은 장면이었다.

'나조차 그러하였는데 오죽하실까.'

아버지를 바라보는 글렌의 시선이 착잡함으로 물들었다. 벨라를 떠올리면 여전히 화가 일지만, 충격받은 아버지의 모습은 한편으로 측은함을 불러일으켰다.

무슨 생각을 하고 계실까?

어쩐지 글렌은 대충 짐작이 갔다.

"타운젠드 백작님은 알고 계셨던 모양입니다."

불쑥 음성이 끼어든 것은 그때였다. 글렌이 고개를 들자 창문에 기대 서 있던 센이 미소를 지으며 다가왔다.

"무슨 뜻인가?"

글렌은 낯을 찌푸렸다. 세베루즈 혼 썸머 리즈완 백작.

10 마법군주

아버지가 가장 아끼는 가신 중 한 명이지만 글렌은 예전부터 그가 별로였다.

그의 출신이 평민이어서도 성정이 가벼워서도 아니다. 그저 상대가 싫어하니까. 말하지 않아도 글렌은 느낄 수 있었다. 리즈완 백작은 처음부터 자신을 마음에 들어 하지 않았다.

"별로 놀라신 거 같지가 않아서 말입니다. 뭐, 이제야 좀 이해가 되긴 합니다. 어째서 공작 전하의 아드님이신 백작께서 폐하를 도우신 것인지 궁금했거든요."

"······내가 폐하를 돕다니, 그건 또 무슨 소린가?"

글렌이 눈을 홉뜨며 공작을 힐긋거렸다. 아버지도 모르는 사항을 그가 어떻게 알고 있는지 놀랍고 당혹스러웠다.

"황태후 마마를 빼돌리신 게 타운젠드 백작님 아닙니까?"

"······!"

"그날 밤 마마께서 마차에 오르시는 걸 보았습니다. 다른 볼일이 생겨 쫓지는 않았습니다만, 아마도 그때 폐하께 가신 거겠죠?"

묻고 있지만 센은 이미 확신하는 눈치였다. 혹 자신을 떠보는가 싶어 살펴도 보았으나 그런 기색은 전혀 찾아볼 수 없었다.

"내 뒤를 밟은 것인가?"

글렌은 굳이 부정하지 않았다. 대신 표정을 굳히며 그를 힐난했다.

"그럴 리가요. 그냥 우연히 보았을 뿐입니다. 오늘 폐하와 황태후 마마가 함께 오셨기에 그리 추측한 것이고요."

생긋 웃더니 센이 글렌의 맞은쪽에 자리를 잡고 앉았다. 여유 있게 다리까지 꼬는 모양새가 가뜩이나 날 선 글렌의 심기를 건드렸다.

"일부러이든 우연이든 앞으로 다시는 그런 식으로 마주치지 않았으면 좋겠군. 내가 연장자이니 자네가 알아서 피해 가게나. 그럴 능력 정도는 되겠지?"

"원하신다면요."

더는 말을 섞고 싶지 않았다. 날카로운 눈빛으로 한차례 센을 쏘아본 뒤 글렌이 시선을 돌렸다. 그러나 센은 아직 용건이 끝난 게 아니었다.

"정확히 어떻게 된 것입니까?"

글렌의 고개가 다시 돌아왔다.

"무엇이 말인가?"

"칼리스타 백작 말입니다. 워프 마법을 선보인 걸 보니 7서클 경지에 오른 것 같은데, 몇 가지 의문이 들어서요."

"의문?"

글렌은 부러 모른 척 되물었다.

"네. 원래 고위 마법사가 되면 모두 그렇게 몸에서 빛이 나는 겁니까? 마법에 대해 잘 알지는 못해도 무지하지는 않습니다. 그런 현상은 여태 한 번도 들어본 적이 없습니다."

"그걸 왜 나에게 묻나. 난 자네와 같은 검사일세."

"왠지 백작님은 알고 계실 것 같았는데, 제가 잘못 짚은 겁니까?"

"날 너무 과대평가하는군. 그런 건 내가 아니라 당사자인 칼리스타 백작에게 직접 물어보게나. 그게 가장 확실한 답이 될 것 같으니."

"이미 물어봤습니다. 제대로 된 답을 듣지 못했지만요."

아쉬운 듯한 그의 대답에 글렌이 미간을 찡그렸다.

"백작을 만난 적이 있단 말인가?"

"네, 뭐 어쩌다 보니."

어깨를 으쓱이며 자세한 말을 피하는 센에게 글렌이 경고했다.

"그에게는 필히 예를 차리게. 아직 정식으로 작위를 받은 건 아니지만, 그는 이미 폐하께서 만천하에 공언한 제국의 공작일세. 섣불리 건드렸다가는 크게 화를 당하는 수가 있어."

"절 걱정해주시는 겁니까?"

감격한 듯한 말투였으나 센의 붉은색 눈동자는 고요한 수면처럼 잠잠했다. 속내와는 철저히 다른 겉모습. 다행이라면 만성이 된 탓에 이제는 별로 화조차 나지 않는다는 것이었다.

"제일 이상한 건 그의 실력입니다. 제아무리 뛰어난 마법사라도 그 많은 인원을 지켜가며 싸우기란 어렵습니다. 그런데 칼리스타 백작은 그걸 너무도 쉽게 해내더군요. 광장 전체가 실드로 뒤덮일 땐 경이롭기까지 했습니다."

평민 출신으로 백작이 되기까지 센에게는 몇 가지 철칙이 있었다. 그중 하나가 아무리 사소한 것이라도 남의 말에 휘둘리지 않고 오직 자신이 본 것만을 믿는다는 것이었다. 그전에는 어떤 의심도 판단도 하지 않겠다고 스스로 약속했고 지금껏 잘 지켜왔다.

헌데 광장에서의 일은 직접 보고서도 믿기지 않는 것은 물론 의심마저 이는 중이다. 모든 것을 똑똑히 지켜보았음에도 어느 것 하나 속 시원하게 이해되는 것이 없었다. 살면서 이처럼 당황스럽고 답답한 마음이 들기는 처음이었다.

"그 순간에는 마치 칼리스타 백작이 드래곤 같더군요. 골드 드래곤 말입니다. 타운젠드 백작께서도 보셨지요?

백작의 머리 위로 보인 그것이 실체가 아님을 알지만, 당시에는 진실로 그렇게 느껴졌습니다."

소드 마스터인 그가 이럴 정도인데 다른 이들은 어떠하겠는가?

고대로부터 드래곤은 신과 동일시되며 사람들에게 추앙받던 존재다. 위기에 처했던 황제 부부가 살아 돌아온 데다가, 멸종했던 드래곤까지 등장하자 황도는 열광과 흥분의 도가니에 휩싸였다. 둘은 몰랐지만, 이미 세간에 드래곤과 리안을 동격화시키는 분위기가 팽배하게 퍼지고 있었다.

"언제부터냐?"

가래가 낀 듯한 탁한 음성이었다.

글렌과 센이 광장에서의 일을 되새길 때 타운젠드 공작이 오랜 침묵에서 깨어났다. 그의 첫마디는 역시나 아들을 향해 있었다.

"아버지……."

"대답하거라. 아니, 그전에 칼리스타 백작에 관해 네가 아는 모든 걸 털어놓아라. 그자에 대해 뭘 얼마나 알고 있는 것이냐?"

안색은 여전히 창백했으나 엄한 공작의 표정은 평소 모습 그대로였다. 글렌은 작게 한숨을 내쉬다가 천천히 입을 뗐다.

"그저 우연히 몇 가지 사실을 전해 들었을 뿐입니다. 저도 별로 아는 것은 없습니다."

자세한 경위는 생략한 채 리안이 마법을 누구로부터 어떻게 계승하게 되었는지 글렌은 짤막하게 설명했다. 리안이 직접 드래곤을 내보인 이상 그도 숨길 필요가 없었다.

그렇게 얼마가 지났을까.

실내는 또다시 정적에 휩싸였다. 글렌의 설명이 끝난 지 한참이 지났음에도 감히 누구도 입을 열지 못했다. 방금 전까지 신이 나서 떠들던 센조차도 넋을 놓고 허공만을 주시했다.

기실 당연한 반응이었다. 워프 마법이 가능한 대마법사가 된 것만으로도 경악스러운 마당에, 드래곤에게 직접 용언 마법을 전수받은 계승자라고 하니 대관절 어느 누가 놀라지 않을 수 있겠는가?

이것은 대륙의 역사에 전무후무한 기록으로 남을 대사건이며, 사람들에게 두고두고 회자될 엄청난 이야깃거리였다.

"아무것도 하시지 말라던 제 말씀이 이제 이해가 되십니까?"

아들의 싸늘한 말투 때문이었을까. 타운젠드 공작의 눈빛이 서서히 정상으로 돌아왔다. 그가 곧 노기를 드러내며 글렌을 나무랐다.

"왜 진작 말하지 않았느냐? 그런 중요한 사항은 진즉 알렸어야지!"

"말씀드리면요. 믿기는 하셨고요?"

"그야 당연히……."

"아니요. 아버지는 믿지 않으셨을 겁니다. 인간이 어떻게 용언 마법을 하냐며 말도 안 된다고 코웃음을 치셨겠죠. 사실 지금도 반신반의하는 중 아니십니까?"

공작의 얼굴에 인정하는 듯한 기색이 스치자 글렌이 고소를 지으며 말을 이었다.

"그것 보십시오. 직접 현장을 목격하시고도 믿지 못하시는 분이 아버지십니다. 그런 아버지께 제가 무슨 말씀을 드려야 할까요? 더욱이 저라고 아버지께 다 말씀드려야 할 의무가 있는 건 아니지 않습니까? 속인 건 아버지가 먼저였습니다."

"못난 놈! 겨우 그 때문이었느냐? 그깟 여자 때문에 아비를 궁지로 몰아넣어!"

"함부로 말씀하지 마십시오. 한때는 제 목숨보다 소중히 여기던 여인이었습니다!"

"그래서 뭘 어쩌겠다는 것이냐? 인제 와서 다시 네 여자라도 만들 셈이냐?"

"그게 가능한 일입니까?"

"글렌, 너……!"

자그마치 22년이다.

강산이 두 번이나 바뀌고도 남는 그 긴 시간 동안 아들은 변한 것이 없었다. 녀석은 그때와 똑같은 눈빛으로 한 여자를 원하고 있었다.

"쓸모없는 놈! 사랑, 그따위가 다 뭐라고!"

연모의 정에 빠져 허우적거리는 아들의 모습이 공작은 정말이지 이해 불가였다. 사내놈이 오죽 못났으면 감정 하나 제대로 추스르지 못해 질질 끌려다닌단 말인가?

한낱 여자 때문에 이러한 사태가 벌어졌다는 것이 공작은 그야말로 기가 막혔다.

"제 목숨보다 귀하다 이미 말씀드렸습니다. 더는 모욕하지 마십시오."

"널 올바른 길로 인도하기 위해서였다. 자식이 눈앞에서 잘못된 선택을 하는데 어느 부모가 가만히 보고만 있겠느냐!"

"지금 제 꼴을 보시고도 그런 말씀이 나오십니까? 그날 이후 평생을 지옥 속에서 살았습니다. 밤마다 꿈에 나타나는 그녀에게 울부짖으며 매달리다 지쳐서 깨어나는 것이 제게는 하루의 시작이었고, 다시 잠들기 위해서는 독한 술이 있어야 했습니다."

당시 글렌이 힘들어했다는 건 공작도 알고 있다. 하나 잠깐 그러다 만 줄 알았지, 이토록 오래 괴로워한 것은 전혀 알지 못했다.

"그런데 웃긴 게 뭔지 아십니까? 매일 밤을 지독한 악몽에 시달리면서도 그렇게나마 그녀를 볼 수 있어 제가 행복했다는 겁니다. 현실이 아님을 알면서도 꿈을 꾸는 그 순간만을 기다렸지요. 아마 그녀를 향한 증오심이 없었더라면 지금 이렇게 살아 있지도 못했을 겁니다."

"뭐라? 그 말은 네놈 스스로 목숨을 끊기라도 했을 거라는 뜻이냐!"

공작이 대로했다.

잠깐이나마 들었던 측은한 마음마저 싹 사라졌다. 아무리 사랑에 눈이 멀었다지만 이렇게까지 바보가 되었을 줄이야.

"네놈 머리가 돌아도 아주 단단히 돌았구나! 공작가의 후계자라는 놈이 고작 한다는 생각이 뭐? 자결? 하핫, 내가 어리석었다. 그때 봐주는 것이 아니었어. 애초에 썩은 가지는 단칼에 잘랐어야 하는데!"

"누가 썩은 가지라는 겁니까!"

"누구긴 누구냐! 네놈이 그렇게 죽고 못 사는 황태후지! 이렇게 끝까지 말썽이 될 줄 알았다면 살려두지도 않았을 게다!"

"아버지!"

"왜, 내가 못 했을 것 같으냐? 그렇다면 넌 아비를 잘

못 본 것이다. 널 위해서라면 그보다 더한 짓도 얼마든지 할 수 있으니까!"

모든 게 완벽했던 아들이었다. 그런 아들을 천하의 멍청이로 만들어 버린 황태후가 공작은 진심으로 저주스러웠다.

"정말 구제불능이시군요."

글렌의 음성이 얼음처럼 딱딱해졌다.

지난날의 과실에 대해 후회하기는커녕 도리어 벨라를 죽이지 못한 것을 원통해하는 아버지의 행태에 구토가 치밀었다.

"제국의 재상으로서 부끄럽지도 않으십니까? 지금 아버지의 모습, 참으로 역겹습니다!"

"처남, 말이 너무 심한 듯합니다."

"옆에서 다 듣고도 매형은 그런 말씀이 나오십니까?"

오늘처럼 막말이 오간 적은 없지만, 부자간에 언쟁이 있을 시 중재는 언제나 스웨르겐 백작의 몫이었다. 고성이 터짐과 동시에 자리를 피한 다른 이들과 달리 묵묵히 자리를 지키고 있던 그가 차분히 끼어들었다.

"암만 그래도 아버지십니다. 자식 된 도리로서 예는 차려야지요."

"도리는 자식에게만 있답니까? 예 또한 마찬가지입니다. 부모도 자식에게 지켜야 할 예의라는 게 있는 겁니다!"

"글렌 네 이놈, 말 다 했느냐!"

공작의 두 주먹이 부들부들 떨렸다.

그는 자신의 귀를 의심했다. 남도 아닌 자식에게서 역겹다는 소리를 듣다니. 현실이 아닌 듯한 착각마저 일었다.

"장인어른, 진정하십시오. 이제 재판장에 가셔야 합니다."

구석에 놓인 괘종시계가 곧 오후 세 시를 가리킬 예정이었다. 중요한 때이니만큼 절대 늦어서는 안 된다. 스웨르겐 백작이 서둘러 일어나 둘 사이에 섰다.

"처남도 그쯤 했으면 그만 하십시오. 여기는 궁입니다. 목소리를 낮추세요."

'아!'

두 부자의 정신이 퍼뜩 돌아왔다. 흥분한 나머지 깜박 잊고 있었다.

백작의 말마따나 이곳은 황궁이고 잠시 후면 역모를 꾀한 맥카시 공작에 관한 재판이 열릴 것이다. 이러고 있을 시간이 없다.

"괜한 시간만 낭비했군."

글렌과 다툼을 벌이느라 정작 중요한 얘기는 하나도 하지 못한 것에 다시금 화가 치솟았지만, 지금은 화를 낼 시간마저 부족했다.

뎅뎅뎅—

오후 세 시를 알리는 시계 종소리를 들으며 세 남자가 급히 장소를 이동했다.

* * *

황궁 재판장은 입구부터가 굉장히 소란스러웠다.

재판장 안으로 들어가지 못한 황도 시민들이 출입구를 거의 봉쇄하다시피 몰려 있는 통에 경비병들까지 제자리를 지키지 못하고 우왕좌왕하는 형국이었다.

"이게 다 어찌 된 게지? 누가 문을 열어준 것이야?"

엄숙해야 할 곳이 시장 거리보다 시끄럽자 공작이 미간을 좁히며 걸음을 세웠다. 그에 경비병 하나가 잽싸게 달려와 고하였다.

"폐하께서 오늘만 특별히 허락하셨습니다."

"폐하가?"

공작의 입꼬리가 실룩였다.

"죽다 살아나시더니 과시욕이라도 생기셨나 보군."

누구의 아이디어인지 몰라도 광장에서의 연출력은 대단했다.

황제의 무사 귀환을 극적으로 알림과 동시에 강력한 힘

을 보임으로써 앞으로 제국에 안정과 번영만이 있을 것임을 직간접적으로 시사하였다.

그것은 불안에 떨던 시민들을 잠재우기에 충분했으며 나아가 약화한 황권을 바로 세우는 데 톡톡한 구실을 할 것이었다.

"과연 남은 일 처리는 어떻게 하실지."

인상을 굳히며 타운젠드 공작이 다시 걷기 시작했다. 광장에서와 마찬가지로 그의 앞길이 썰물 빠지듯 갈라졌다.

"타운젠드 공작 전하 드십니다."

누군가 그의 등장을 큰 목소리로 알렸다. 덕분에 모든 이목이 그들에게로 쏠렸다.

"저희가 제일 마지막에 도착한 모양입니다."

실내도 밖과 분위기는 비슷했다. 모자란 의석 탓에 자리에 앉지 못한 귀족과 평민들이 서로 몸을 부딪쳐가며 재판장을 메우고 있었다.

다른 점이라면 재판장의 한가운데, 분지처럼 움푹 들어간 그곳에 오늘의 주인공인 맥카시 공작과 그의 수하들이 무릎이 꿇린 채 오라에 묶여 있었다.

공작의 꼴은 말이 아니었다. 머리는 산발에다가 옷은 누더기나 다름없었고 전신은 온통 그을음투성이였다.

눈을 감고 있어 표정을 읽을 순 없었지만, 함께 제국을 호령했던 상대가 맞는지 의심이 일 정도로 다른 사람 같았다.

"보기가 딱하군."

자신도 모르게 튀어나온 말에 타운젠드 공작은 깜짝 놀랐다. 그에게는 익숙지 않은 감정이기도 하지만, 그 대상이 맥카시 공작이라는 사실이 더 놀라웠다.

평생을 다투기만 하던 존재가 아닌가. 이런 마음이 든다는 것 자체가 어색하고 불편했다. 더불어 자신을 이렇게 만든 상대에게 새삼 소름이 끼쳤다.

'칼리스타 백작.'

아니, 이제는 공작이다. 신비한 빛을 뿜어내며 모든 이들의 시선을 한몸에 받고 있는 용언 마법의 계승자. 타운젠드 공작이 수심 가득한 눈빛으로 건너편 리안을 응시했다.

"전해 들은 거 같지?"

팔짱을 낀 채로 라키아가 리안 쪽으로 몸을 기울였다. 그런 그의 표정에는 어딘지 모르게 즐거움이 넘쳤다.

"글쎄."

"잘 봐봐. 저 능구렁이 공작이 널 볼 때 살짝 눈빛이 흔들렸다고."

"그런가?"

"아닌 척하고 있지만 지금 완전히 쫄았다니까. 내 촉은 못 속이지."

 철혈재상답게 포커페이스를 잘 유지하고 있지만 소드 마스터인 라키아의 눈에는 다 보였다. 이마에 돋은 실핏줄, 간간이 떨리는 눈꺼풀, 꽉 다문 입술. 공작은 어느 때보다 긴장한 기색이 역력했다.

 "타운젠드 백작이 말을 안 했어도 그래. 자기가 직접 본 게 있는데 어떻게 안 쫄겠어? 공작이 얼간이는 아니잖아? 아마 지금 머리 되게 복잡할 거다. 크크."

 맥카시 공작과 함께 처단하지 못하는 것이 못내 아쉽지만, 겁먹은 모습을 본 것만으로 기분은 최고였다. 아직 시간은 많고 그들은 강해졌다. 남은 기둥의 처리는 당분간 유보하는 것도 괜찮으리라.

 "그나저나 저놈인가?"

 라키아가 팔짱을 풀며 턱으로 공작의 옆을 가리켰다. 그곳엔 아들과 사위 말고도 많은 측근들이 있었는데, 관심을 끄는 이는 딱 한 명뿐이었다.

 "응, 맞아. 라키는 처음 보지?"

 리안과는 두 번째 만남이었다. 사람들 사이에서 유난히 튀는 은빛 머리칼의 사내. 마침 고개를 돌리는 센과 리안의 눈이 허공에서 마주쳤다.

 끄덕.

 안면이 있는 상대이니 모른 척할 수가 없었다. 리안이

살짝 고개를 숙여 먼저 인사하자, 센이 돌연 픽 웃음을 지었다.

"뭐야, 저 새끼? 지금 우리 보고 비웃은 거야?"

라키아의 얼굴에서 웃음기가 싹 사라졌다. 그런 그의 손은 어느새 검집에 가 있었다. 여기가 재판장만 아니라면 당장에라도 검을 뽑아 센에게로 날아갈 기세였다.

"라키, 진정해. 그런 것 같지는 않으니까."

"아니면? 그럼 저게 반갑다고 인사라도 하는 거냐?"

"그건 아니고, 그냥 재밌어하는 것 같아."

그게 무슨 개 풀 뜯어 먹는 소리냐는 듯 라키아가 인상을 쓰며 리안을 돌아봤다.

"내 느낌이 그래. 가볍긴 하지만 남을 비웃거나 하는 사람은 아니었거든."

"잠깐 봤다면서 네가 그걸 어떻게 알아?"

"말하는 걸 보면 어느 정돈 알 수 있어. 곁을 주진 않아도 남을 함부로 여기는 타입은 아니야."

"난 방금 함부로 하는 걸 본 것 같은데? 아니, 잠깐만. 너 좀 이상하다? 왜 저 자식을 두둔해?"

"두둔이 아니라 그냥 느낀 대로 말한 거야, 라키."

"역성을 그렇게나 들었으면서 그냥 말한 거다? 너 설마 저 자식이 마음에 든 거냐? 그래?"

리안의 대답 따위는 들리지 않았다. 자신은 마음에 들

지 않는 상대를 리안이 감싸고 돌자 불쾌함이 이루 말할 수가 없었다.

"그건 아닐 겁니다."

리안이 몇 번이나 아니라고 해도 한 번 든 의심은 쉬이 사그라지지 않았다. 그에 보다 못한 엘이 대신 나서서 해명했다.

"일전에 만났을 때 그가 백작님을 꽤 귀찮게 했거든요. 다시는 만나고 싶지도 않으실 겁니다."

"저놈이 널 귀찮게 했어?"

"말이 좀 많은 편이더라고."

별자리에 유독 집착하던 센의 모습이 아직도 생생히 기억난다. 아사가 관심을 보여 잠자코 들어주긴 했지만, 지금 생각해도 확실히 정상은 아닌 것 같았다.

"딱 봐도 시끄럽게 생겼구먼, 뭘."

번쩍거리는 외모에 흐리멍덩한 빨간색 눈이 유난히 거슬렸다. 저런 빤질빤질한 놈이 자신과 어디가 비슷하다는 건지. 불쑥 아사가 했던 말이 떠올라 라키아는 열이 뻗쳤다.

"그래도 실력은 진짜야. 느끼고 있지?"

"……."

무언은 긍정이라 했다. 겉으로는 투덜대고 있어도 라키아의 눈매는 깊게 가라앉아 있었다. 그만큼 상대를 의식

하고 있다는 증거다.

"리즈완 백작. 아마 타운젠드 공작의 숨겨진 히든카드였을 거야. 나만 아니었으면 이번에 화려한 신고식을 치렀을 수도 있었지."

"나랑 싸움이라도 붙여서 말이야?"

"그럼 이길 자신은 있고?"

"너 또 저 자식 편드냐?"

라키아의 얼굴이 험악하게 일그러지자 리안은 재빨리 손을 저었다.

"농담이야, 농담. 당연히 라키가 이기겠지. 라키는 제국 최고의 검사잖아."

"후작님이 있는데 어떻게 내가 최고냐? 마음에도 없는 소리 하지 마라."

"차이는 열외야. 라키도 차이처럼 수명이 길어지면 더 강해질 수 있다고."

"난 너나 후작님처럼 드래곤과 연관도 없는데 어떻게 수명이 길어지겠냐? 난 그냥 내 수명대로 살다가 죽을 거니까 그런 쓸데없는 위로라면 관둬라."

기분 탓일까?

어쩐지 라키아의 음성에 찬 기운이 돌았다. 뭐에 마음이 상한 건지 표정 또한 어두웠다.

"라키……"

당황한 리안이 잠시 망설이다가 말을 붙이려는데 황제의 입실을 알리는 소리가 재판장에 울려 퍼졌다.

"모두 정숙해 주십시오. 폐하께서 드십니다!"

소란하던 장내가 일시에 고요해지며 느슨했던 공기가 순식간에 팽팽해졌다. 라테스를 필두로 단상 위로 올라서는 이반과 크리스의 얼굴이 전보다 한결 편해 보이면서도 어딘지 비장함이 엿보였다.

탕! 탕!

의사봉을 두드리는 것으로 재판이 시작되었다. 단상 아래 좌정해 있던 한 사내가 중앙으로 걸어나왔다. 그의 손에는 두꺼운 양피지가 들려 있었는데, 그것을 펼치자 그 길이가 바닥까지 닿을 정도였다.

다소 떨리는 목소리로 사내가 양피지를 읽어내려갔다.

"이름, 알런 발라스 폰 맥카시. 나이 오십팔 세. 맥카시 공작 가문의 가주이자 설리번 뱅크를 비롯한 여러 사업체의 수장으로 각종 불법과 비리, 살인을 저질렀음. 가장 큰 죄목으로는 감히 황제 폐하를 독살하려 했으며, 그 죄를 황후 마마와 칼리스타 백작에게 뒤집어씌우려 함. 다행히 미수로 그쳤으나 그 사건으로 황실 마법사가 셋, 근위 기사단이 열둘, 일반 병사와 황실 하인이 어림잡아 팔십 명 정도가 사망한 것으로 집계됨. 부상자는 집계 불가능하며, 황궁 밖 상황까지 더한다면 사망자의 수는 수십

배로 늘어날 것으로 추정됨. 그에게 동조한 귀족으로는 콘로이 자작, 후퍼 백작, 해몬드 백작, 오스틴 백작 등이 있으며 그의 아들인 모레츠는 황후 마마의 친정인 라모스 시로 내려가……."

지은 죄의 양이 어찌나 방대한지 좀처럼 설명이 끝나지가 않았다.

5년 전 로드리게즈 백작가를 음해하고, 세이프리드 아카데미의 강당을 무너뜨린 게 맥카시 공작의 짓이라는 대목에서는 재판장 전체가 술렁거렸다.

사람의 탈을 쓰고 어떻게 그런 짓을 저지를 수 있냐며 분개한 자들이 공작에게 욕을 퍼붓는 바람에 한바탕 소동이 벌어지기도 했다.

그러나 온갖 욕설을 들으면서도 공작의 표정은 시종일관 아무런 변화가 없었다.

본인의 죄목이 낱낱이 공개되고 있는데도 다른 꿍꿍이가 있는 것인지, 아니면 자포자기를 한 것인지 당최 속을 가늠하기가 어려웠다.

"맥카시는 이 모든 죄목을 인정하는가?"

드디어 낭독이 멈췄다.

재판장에 들어와 줄곧 맥카시 공작을 응시하던 라테스가 고저 없는 음색으로 물었다.

꿀꺽.

어디선가 침 넘어가는 소리가 들렸다. 워낙에 대형 사건이다 보니 당사자인 공작보다도 긴장한 이들이 많았다.

잠시 후. 감겨 있던 공작의 눈이 서서히 떠졌다. 그가 허리를 곧추세우며 황제와 꼿꼿이 시선을 맞췄다.

후회? 반성?

혹시나 했지만, 역시나 없다. 보이는 거라곤 이대로 죽음을 맞겠다는 결연한 의지였다.

"모두 인정합니다."

갈라지고 탁한 어조였다.

한때 제국을 호령했던 기둥답게 죽음을 목전에 두고서도 그는 두려운 기색이 없었다.

"훗."

예상은 했다만 공작의 담담함에 라테스는 속이 뒤틀렸다. 살려달라고 애걸하기를 바라진 않았어도 조금은 죄인다운 태도를 기대했기 때문이다.

'과연 당신의 그 패기가 언제까지 지속될 수 있을까?'

미안하지만 죽음 따위로 맥카시 공작을 벌할 생각은 조금도 없었다. 그동안 저지른 죄가 몇 개인데 그리 간단하게 끝낸단 말인가. 곱게 보낼 생각이 라테스에겐 눈곱만치도 없었다.

"인정한다니 더 물을 게 없군. 그럼 이번엔 수하들에게 묻지. 그대들도 죄를 모두 인정하는가?"

공작과 달리 아무도 답하는 자가 없었다.

명색이 소드 마스터라 불리던 자가 둘이나 있었건만, 감히 단상을 향해 고개조차 들지 못했다. 리안의 용언 마법과 피어에 완전히 잠식당한 그들은 겁쟁이가 되었고, 실력마저 기사라 칭할 수도 없는 수준으로 전락했다.

"바로 판결을 내리겠다."

공작은 물론, 오라에 묶인 죄인들이 동시에 움찔거렸다.

"맥카시는 들어라. 그대의 그릇된 야망 때문에 수많은 무고한 목숨이 아깝게 이승에서의 삶을 마감했다. 억울한 그들의 혼을 달래기 위해서라도 그 죗값 마땅히 목숨으로 치러야 하겠지만, 짐과 대신들이 의논한 결과 그대에게는 죽음도 너무 인자한 형벌이다."

'설마……?'

맥카시 공작의 눈에 처음으로 동요의 빛이 떠올랐다. 그의 낯빛은 이후로 점점 더 창백하게 질려갔다.

"하여 나 라테스 크로멜 카터 삼세가 명한다. 오늘부로 알런 발라스 폰 맥카시는 황실 소유의 노예로서 아를 광산의 광부로 부역할 것이다. 고된 육체노동을 통해 깨닫는 바가 있을 터, 남은 평생을 그곳에서 일하며 지난날의 죄를 모두 털어내고 반성토록 하라!"

"그, 그게 무슨……!"

기함하고 또 기함할 판결이었다.

노동이라곤 해본 적도 없는 데다가 이미 나이가 육십이다. 뿐인가. 아를 광산이라면 노련하고 힘 좋은 광부들도 가기를 꺼릴 만큼 험하기로 소문난 곳이다.

"그런 곳을 내가 어떻게……!"

말도 안 되는 일이었다. 이건 꿈이다.

차라리 자결을 하면 했지 광산에 끌려가 노역을 할 순 없었다. 이것은 그에게 죽음보다 더한 형벌이며 수치였다.

"그대들도 마찬가지다. 함께 광산으로 보내질 터이니 잘못을 뉘우치고 성실히 일하도록 하라."

정신적 충격으로 모두가 말을 잇지 못할 때, 라테스가 리안에게 신호를 보냈다. 그에 숨을 가다듬으며 리안이 작게 뇌까렸다.

"개방."

우웅!

공간이 어그러졌다.

재판장의 중앙, 아무것도 없던 허공에 투명한 물결 하나가 생기더니 이내 커다란 문의 형상으로 변해갔다. 그리고 그곳으로부터 익숙한 얼굴이 보였다.

"아버지!"

"……모레츠?"

갑자기 생겨난 물체의 정체가 무엇인지는 중요하지 않았다. 연락이 끊겨 생사조차 몰랐던 아들의 목소리에 맥카시 공작이 벌떡 일어섰다.

"아버지! 아버지! 괜찮으세요?"

희미한 막 같은 것이 있어 완벽히 보이지는 않았지만, 양호한 아들의 상태에 공작은 일단 마음이 놓였다.

"앵거스!"

아공간 속에는 모레츠만 있는 것이 아니었다. 엘을 범하려 했던 콘로이 자작의 아들 앵거스와, 부상은 나았지만 현재는 아무런 힘도 발휘할 수 없는 소드 마스터 오스틴 백작이 초라한 행색으로 바깥을 바라보고 있었다.

"사, 살려줘…… 제발!"

그리고 오늘도 만신창이가 된 설리번이 어제에 이어서 또다시 목숨을 구걸했다.

"이 병신 새끼! 조용히 닥치지 못해!"

모레츠가 악다구니를 부리며 설리번의 배를 걷어찼다. 그가 울분이 가시지 않는 얼굴로 공작에게 소리쳤다.

"아버지! 설리번 이 자식이 무슨 짓을 하셨는지 아세요? 자기 혼자 살겠다고 칼리스타 놈에게 맥파랜드에 관한 기밀을 불었어요! 묻지도 않은 걸 혼자 겁먹고 떠드는데 제가 아주 기가 막혀서…… 어……?"

아버지를 만났다는 반가움에 미처 보지 못했던 것들이

뒤늦게 조금씩 모레츠의 시야에 들어왔다.

재판장을 꽉 메운 사람들, 무기를 든 황실 병사, 초췌한 상태로 오라에 묶인 아버지. 바보가 아닌 이상 상황 파악이 어렵지 않았다.

놀람, 충격, 공포.

모레츠는 거대한 공황과 맞닥뜨렸다.

그런 그의 귓가로 승리에 깃든 황제의 자신만만한 음성이 전해졌다.

"감옥에 갇힌 자들에게도 같은 형벌을 내릴 것이다. 오랜만의 상봉일 텐데 회포 풀 시간은 충분히 주도록 하지."

휘잉, 바람이 불었다. 그 바람에 실려 죄인들이 하나둘 아공간 속으로 끌려갔다. 그것이 마치 사람들의 눈에는 괴생물체에게 잡아먹히는 것처럼 보여 끔찍하면서도 통쾌했다.

그리고 마침내 맥카시를 포함한 모두가 사라졌을 때, 다들 참고 있던 환호성을 내질렀다. 이제야 사건이 마무리가 되고 제국이 안정을 찾았다는 기쁨에 서로 얼싸안고 만세를 외쳤다.

"수고했다."

"라키도, 엘도 고생 많았어요."

정리할 것이 산더미처럼 쌓였지만 리안도 꽤 홀가분했

다.

 커다란 두 개의 산 중 하나를 해치웠다. 남은 산은 당분간 공존을 택할 테니 하고 싶은 걸 마음껏 할 수 있을 것이다.

 용언 마법의 계승자임을 밝히고 내딛는 첫 발걸음.

 전보다 더 바쁜 생활이 되겠지만 두렵지는 않다. 숨겨야 할 것이 없는 이상 꺼릴 것도 없다. 이젠 날개를 펼칠 때였다.

제2화
제자리

"자, 이제 다 끝났습니다."

마지막 가위질을 마치고 알만이 거울을 가져와 리안을 비췄다.

길어진 머리가 거추장스러워 묶고 다녔던 게 조금 전인데, 어느덧 거울 속 리안의 모습은 이전으로 돌아와 있었다.

"어떠세요. 영주님 마음에 드십니까?"

"응, 꼭 들어."

하나로 묶는 게 생각보다 편해서 자르지 말까 고민도 했었지만, 단정해진 머리를 보니 결정을 잘했다는 생각이

들었다.

"역시 알만이 최고야. 고마워."

"별말씀을요. 영주님의 머리를 다시 만질 수 있게 되어서 기쁠 뿐입니다."

알만이 거울을 내려놓고 리안의 머리를 전처럼 반으로 묶었다. 그 사이 조용히 시립하고 있던 하녀가 바닥에 떨어진 리안의 머리카락을 빠른 속도로 쓸어담았다. 이유는 모르겠지만 그런 그녀의 표정은 어딘지 들떠 보였다.

"어때, 차이?"

하녀가 나가고 리안이 차이를 향해 돌아섰다.

"괜찮아 보여? 어색하지는 않아?"

"오랜만의 모습이 보기 좋습니다."

솔직히 말하면 이전이나 지금이나 차이는 달라진 점을 잘 느끼지 못하였다. 그에게 중요한 것은 리안의 겉모습이 아니라, 같은 공간에 함께 머물고 있다는 그 사실 자체였으니까.

"고마워, 차이."

알만이 내심 뿌듯해하며 벗어두었던 리안의 재킷을 가져와 주인에게 입혔다.

"늦었지만 공작 전하가 되신 걸 진심으로 축하드립니다. 감히 말씀드리온데, 소인 영주님이 참으로 자랑스럽습니다."

"알만도 참, 사람 민망하게."

"정말 장하십니다. 돌아가신 영주님께서도 하늘에서 매우 기뻐하고 계실 겁니다."

"나도 그랬으면 좋겠어. 그러고 보니 알만에게는 내가 제대로 설명을 안 했지? 이것저것 일만 시키고 마법에 대해선 아무것도 묻지 말라고 했으니 많이 답답했을 거야. 그 점 미안하게 생각해."

"아닙니다. 전 괜찮습니다. 궁금하긴 했지만, 영주님이 훌륭한 분이란 걸 알고 있었으니까요."

알만에겐 예나 지금이나 리안에 대한 믿음이 있었다.

언제부터인가 자신의 영주라면 무엇이든 해낼 수 있을 거란 이상한 자신감이 집사인 그를 사로잡았다.

매일 같이 장부를 들여다보는 게 일인 그가 갑자기 불어난 재정 상태에 어찌 의문을 갖지 않았겠는가?

그 의문에 드래곤을 대입시켰던 적은 한 번도 없지만, 그렇다고 리안을 수상하게 여긴 적도 없었다. 드러난 비밀이 놀랍긴 해도 어느 정도는 알만도 짐작하고 있던 바였다.

"앞으로 공적인 자리에 많이 참석하게 되실 테니 당분간은 제가 저택에 남아 보필하도록 하겠습니다."

"아니야, 알만. 그럴 필요 없어. 알만이 있어주면 나야 편하고 좋긴 하지만 굳이 그러지 않아도 돼."

"허나 곧 작위식도 열릴 거고 전보다 손님들도 많이 오실 텐데, 저 없이 괜찮으시겠습니까?"

"마그가 알아서 할 거야. 알만만큼 완벽하지는 않아도 그동안 실수 없이 잘해왔는걸. 너무 염려하지 마."

완벽주의자인 알만이니 충분히 심정은 이해가 간다. 하지만 리안은 아직 작위식도 치르지 않은 상태이고, 직무도 정해진 것이 없어 황도에서 할 일이라고는 전처럼 사업에 관한 게 전부였다.

"알만은 본성에서도 할 일이 많잖아. 알만이 있어서 나도 여기서 마음 놓고 일할 수 있는 거고."

"그렇지만……."

"알만이 없으면 본성이야말로 마비될 거야. 곧 아카데미도 다시 문을 열 텐데 할 일이 좀 많겠어? 알만이 가서 나 대신 중심을 잘 잡아줘. 그건 알만이 아니면 아무도 못 해."

"저는 그저 영주님이 하라는 대로 하였을 뿐인데요. 알겠습니다. 오늘 안으로 저택 일 마무리 짓고 바로 내려가도록 하겠습니다."

리안의 설득에 알만이 결국 꼬리를 내렸다. 마음은 여전히 황도에 남아 리안을 수발하길 원하는 듯했으나 명을 어길 수 없으니 따르는 눈치였다.

"작위식 때문이라면 너무 아쉬워하지 마. 알만도 꼭 초

대할 거니까."

"제가 가도 되는 겁니까?"

"그럼, 당연히 되지."

알만은 누구보다도 자격이 있는 사람이었다. 그가 자격이 없다면 작위식에 올 수 있는 사람은 거의 없다고 봐도 무방했다.

"알만, 와 줄 거지?"

감격에 벅찬 나머지 알만이 말을 잇지 못하고 고개만 세차게 끄덕였다. 리안이 공작위에 오르는 감동적인 순간을 바로 코앞에서 볼 수 있다는 사실에 흥분이 가시질 않는 듯했다.

"차이는?"

작위식에 대해 말하고 보니 차이가 참석을 할 것인지 아닌지 알고 싶어졌다. 워낙에 눈에 띄는 걸 싫어하기도 하지만, 작위식이 거행될 곳이 하필이면 황궁이었다.

리안이 알기로 차이는 단 한 번도 제국의 공식 행사에 참여한 적이 없었다. 그런 그가 수많은 귀족들로 바글바글할 게 분명한 황궁에 자신을 위해 참석을 해줄까?

그렇다면 좋겠지만 리안은 별로 확신이 안 섰다.

"제가 가기를 바라십니까?"

"나와 가까운 모든 사람이 와줬으면 해."

"세자르에게 제복을 준비하라 이르겠습니다."

리안의 청을 차이가 어찌 거절할 수 있겠는가?

역시나 반전은 없었다. 다른 사람들이 보기엔 물으나 마나 한 질문을 리안이 한 셈이지만, 정작 리안은 자신이 차이에게 어떤 영향을 끼치는지 자주 까먹는 경향이 있었다.

참석하겠다는 차이의 말에 리안이 함박웃음을 지으며 고마움을 표시했다.

"광장에서도 그렇고 재판할 때도 그렇고, 난 차이가 싫다고 할 줄 알았어. 아니어서 정말 다행이야."

"광장에서는 일부러 자리를 피했던 겁니다. 저까지 거기 있었다면 맥카시가 일찍 단념했을 수도 있으니까요."

"아, 그런 거였어?"

"네, 아무래도 저를 보면 두려움이 들었을 테니까요. 놈을 확실히 처리하기 위해선 그게 낫다고 생각했습니다."

"난 그런 줄도 모르고……."

"제가 있었다고 해서 결과가 크게 달라지지는 않았을 겁니다."

"그렇긴 해도 맥카시 공작이 끝까지 부인했으면 시간이 꽤 오래 걸렸을 거야. 지금처럼 이렇게 여유 있게 대화를 하지도 못했을 거라고. 차이가 광장에 오지 않은 건 신의 한 수였어."

리안의 농담에 차이가 픽 웃었다. 다시 금방 특유의 무표정한 얼굴로 되돌아갔지만, 잠깐이라도 웃는 걸 볼 수 있어서 리안은 흡족했다.

"리안, 나 우울해."

그때 갑자기 문이 열리며 아사가 들어왔다. 녀석이 잔뜩 풀이 죽어서는 다짜고짜 리안의 품에 머리를 기댔다.

"아사, 무슨 일이야?"

녀석을 쓰다듬으며 리안이 알만을 쳐다봤다. 뭔가 아는 게 있느냐는 뜻이었는데, 여태 리안과 같이 있던 알만이 알 턱이 없었다.

리안의 가슴팍으로 파고들며 아사가 칭얼댔다.

"아무도 나랑 안 놀아주잖아. 다들 바쁘다고 날 본체만체하는 거 있지."

'아, 난 또 뭐라고.'

놀랐던 마음이 일순간에 진정되었다.

혹시 저번처럼 몰래 사고라도 쳤다가 라키아에게 혼이 난 건 아닌가 걱정을 했는데 다행히 아무 일 아니었다.

"히잉, 형 보고 싶다."

"곧 다시 오기로 하셨잖아. 그러니 기다려봐."

이번 일에 큰 도움을 주었던 아신 일행은 얼마 전 묘인국으로 전부 돌아갔다. 정식 일정을 잡아서 재차 방문하기로 약속을 하고 떠났지만 사실 그날이 언제일지는 장담

할 수 없었다.

현재 제국에 남아 있는 묘인족은 녀석과 녀석의 수호묘인 류지뿐이었다.

"리안이 워프 마법으로 아신 형 좀 데리고 오면 안 돼?"

리안을 올려다보는 아사의 호박색 눈동자가 애타게 반짝였다. 녀석에게는 미안하지만 그건 리안이 결정할 수 있는 사안이 아니었다.

"먼저 그쪽에서 연락이 오면 그러기로 했잖아. 그때까지는 나도 어쩔 수가 없어. 그러니 힘들더라도 아사가 좀 참아."

"놀아주는 인간이 없는데 어떻게 참아! 리안도 맨날 일만 하면서!"

"밀린 일거리가 많다는 거 알잖아. 당분간은 이해해 줘."

"흥! 리안이 언제 안 바쁜 적 있었나?"

새침한 아사의 대꾸에 리안이 얼른 제의했다.

"정 심심하면 류지와 사냥이라도 다녀오는 건 어때? 제왕의 숲 알지? 거기 들어갈 수 있도록 내가 폐하께 허락을 구해볼게."

사냥은 아사가 가장 재밌어하는 놀이 중 하나였다. 당연히 폴짝거리며 좋아할 줄 알았는데, 예상과 달리 녀석의 얼굴이 썩은 사과처럼 뭉그러졌다.

"흰머리 자식 때문에 안 돼."

"응? 라키가 왜?"

"흰머리 요즘 되게 이상한 거, 리안은 알아?"

라키가 이상하다고?

리안은 반사적으로 알만을 돌아보았다. 아사의 말이 사실이라면 집사인 알만이 모를 리 없었기 때문이다.

아니나 다를까.

"무슨 근심이 있으신지는 모르겠으나 요즘 통 잠을 못 주무시는 편입니다. 청소를 담당하는 하녀 말에 의하면 침대에 누우신 흔적조차 없을 때가 많다고 합니다."

"그 정도야? 난 전혀 몰랐어."

"한동안 정신없이 바쁘셨으니까요. 잠을 좀 못 주무시기는 해도, 라키아 님 또한 매일 기사단원들과 연무장에서 바쁘게 지내고 계십니다."

"그래, 그 훈련인지 뭔지 때문에 류지까지 끌어들였다니까! 류지도 참 이상해. 평소 그렇게 흰머리를 싫어했으면서 왜 같이 훈련을 해? 그새 흰머리가 좋아지기라도 한 건가?"

라키아에게 류지를 뺏겼다는 생각이라도 드는 건지 아사가 흥분해서 떠들었다.

"제일 이상한 건 말이야. 흰머리 그 자식의 식사량도

줄었다는 거야. 알지, 리안도? 그 자식이 평소 얼마나 많이 먹는지."

당연히 안다. 묘인국에 라문이 있다면 제국에는 라키아가 있었다. 대식가 중의 대식가. 그런 라키아가 양이 줄었다고?

"내가 진짜 내 눈을 의심했다니까. 리안은 요즘 같이 밥을 안 먹어서 모를 거야. 깨작깨작하는 게 완전 다른 인간 같아서 무서울 정도야."

'그러고 보니 그때도 이상했어.'

불현듯 재판장에서의 일이 떠올랐다. 폐하께서 입장하고 바로 재판이 시작되는 바람에 물어본다는 걸 깜박하고 여기까지 왔다.

'그때 무슨 얘기를 하면서 그랬더라?'

"리안 님, 뭐 짚이는 데라도 있으십니까?"

리안의 표정 변화를 눈치채고 차이가 물었다. 리안은 잠시 망설이다가 당시 둘의 대화를 짤막하게 옮겼다.

"뭐야, 흰머리! 리안이 빨간 눈 편들었다고 삐친 거였어? 진짜 유치하다!"

"그건 아닐 거야. 변한 건 그 이후거든."

"그래? 그럼 자기보다 말꼬랑지가 세다고 삐친 건가?"

뭐가 되었든 간에 우스운 걸로 토라졌다며 아사가 한동안 배를 잡고 쿡쿡거렸다. 방금 전까지 우울하다며 응석을 부리던 모습은 이미 온데간데없었다.

"차이?"

반면 차이의 눈빛은 심각하리만치 진지하게 가라앉았다.

"혹시 짐작 가는 부분이라도 있는 거야?"

긴 세월을 살아온 만큼 남다른 이해력을 가진 차이였다. 의문이 해결될 수도 있을 거란 기대에 리안이 귀를 세웠지만, 차이에게서 흘러나온 건 그의 바람과는 다른 대답이었다.

"아니요, 저도 잘 모르겠습니다."

"그래……?"

실망감에 리안이 한숨을 내뱉자 차이가 송구하다는 듯 고개를 숙였다.

"죄송합니다."

"아니야, 차이가 모르는 게 당연하지. 에이, 뭐 만나서 이야기해 보면 알지 않겠어? 라키 일은 내가 알아서 할 테니 차이는 신경 쓰지 마."

"내가 같이 가서 도와줄까, 리안?"

"아니, 아사. 그냥 나 혼자 해결할게."

선심 쓰듯 아사가 물었지만 리안은 단호히 거절했다. 악화를 시키면 시켰지, 녀석이 도움될 리가 없었다.

"쳇, 나랑은 끝까지 안 놀겠다는 거지? 됐어! 내가 뭐 리안 아니면 놀 상대가 없는 줄 알아?"

돌연 아사가 차이에게로 다가갔다.

"야, 말꼬랑지. 새발 어디 갔어?"

새발이라면 조인족 켄을 말함이었다.

첫 만남 때부터 아사라면 치를 떠는 켄과 달리, 녀석은 줄곧 조인족의 우수성을 인정하며 켄에게 큰 호감을 보였다(그 호감이 이상한 방식으로 표현되는 게 문제이긴 하지만).

"어제부터 안 보이던데, 집에 간 거야?"

"둥지로 간 건 맞지만, 곧 다시 돌아올 거다."

"조인족은 집을 둥지라고 하는가 보지?"

별안간 아사에게서 안광이 번뜩였다. 녀석이 꿈에 부푼 듯 두 손을 맞잡으며 속삭였다.

"나도 그 둥지라는 곳 가고 싶다. 엄청나게 높은 나무 위에 지어져 있을 거 같아. 새발한테 부탁하면 들어줄까?"

당연히 켄이라면 일언지하에 거절하고도 남았다. 아사 같이 무개념한 묘인족은 처음 봤다며 치를 떨던 그가 아닌가. 녀석의 꿈은 절대 이루어질 수 없었다.

"아사, 거기 말고 우리 레어에 가자."

결국 리안이 나섰다.

"레어?"

"응, 전부터 가보고 싶어했잖아. 작위식이 끝나면 다

같이 소풍이라도 가자. 거기 가면 온천도 볼 수 있어."

"온천이 뭐야?"

바다라는 것도 얼마 전에 알게 된 아사였다. 녀석이 호기심을 보이며 리안에게 달라붙었다.

"땅속에서 더운물이 올라오는 거야. 겨울에 목욕하려면 불을 피워서 물을 데워야 하잖아? 그런데 온천에서는 그럴 필요가 없어. 따뜻한 물이 계속 밑에서 솟아오르거든."

"우와, 진짜? 그런 신기한 곳이 정말 있어?"

"그렇다니까. 가서 레어도 구경하고 온천욕도 하고 놀다가 오자. 좋지?"

"응! 완전 좋아! 갑자기 막 신 난다! 리안, 우리 빨리 가자!"

"조만간 꼭 시간 낼게. 그때까지만 참고 기다릴 수 있지?"

리안의 다정한 물음에 당연히 그럴 수 있다며 아사가 힘차게 외쳤다. 옆에서 알만이 웃음을 꾹 참는 게 보였지만, 이미 온천에 넘어간 아사에게는 그런 상황이 전혀 들어오지 않았다.

더운물이 나오는 레어에 간다.

그 사실만이 아사를 온통 사로잡았다.

"알만, 어머니는 어디 계셔?"

떡밥(?)을 던져줬으니 이제 한동안 녀석은 잠잠할 것이다. 경험상 이럴 때 얼른 일을 시작해야 한다. 리안은 재빨리 어머니의 거처부터 물었다.

"마님께서는 조금 전에 입궁하셨습니다."

"궁에 가셨다고?"

"네, 황후 마마께서 찾으신다는 전갈이 와서요."

"레지나가?"

현재 홑몸이 아닌 동생이었다.

어머니를 닮아 입덧도 하지 않는 동생이 무슨 일로 아침부터 어머니를 찾은 것인지 리안은 궁금한 한편 걱정스러웠다.

* * *

"엄마, 폐하 좀 말려주세요. 벌써 이러시면 아이가 태어나서는 어쩌시려고 이러는지 모르겠어요."

리안이 의문을 품은 그 시각, 레지나는 엄마를 모셔다가 한창 하소연을 풀어내고 있었다. 그녀가 바닥을 가득 메우고 있는 선물 상자들을 보며 눈살을 찌푸렸다.

"그러니까 이게 다 아기 용품이라는 말이니?"

"네에. 그것도 전부 여아용이에요."

아직 뜯지도 못한 상자가 반도 넘었지만, 풀어진 상자

들을 보니 안의 내용물이 정말로 모두가 분홍빛이었다.

"폐하께선 뱃속의 아기가 남아일 거라고는 전혀 생각하지 않으시는 모양이에요. 엄마는 이게 이해가 되세요?"

"너는 그럼 아들을 바라는 것이냐?"

"당연하죠. 그건 저뿐 아니라 제국민 모두가 바라는 일이라고요. 어머니도 그렇지 않으세요?"

"글쎄다. 난 어느 쪽이건 상관없이 다 좋을 것 같은데."

"엄마! 그게 무슨 말씀이세요! 저는 황태후예요. 제게는 황태자를 낳아야 할 의무가 있다고요!"

예상치 못한 오웬의 답에 레지나가 격렬한 반응을 보였다. 엄마라면 자신의 부담감을 누구보다도 이해해줄 거라 믿고 있었기 때문이다.

반드시 황태자를 생산해야 한다는 압박감. 황궁으로 돌아와 몸과 마음이 편해지자 그것이 레지나를 무겁게 짓눌렀다.

"레지나, 진정하거라. 아들을 원하는 네 맘, 이 어미가 모르는 거 아니란다."

"그런데 딸이라도 상관없다고 말씀하세요?"

"올해 네 나이가 몇인 줄 아니?"

"설마 몰라서 제게 물으시는 건 아니죠?"

제자리 53

불만에 찬 딸의 볼을 사랑스럽게 쓸어주며 오웬이 말했다.

"열아홉, 어미가 네 오빠를 낳았을 때보다 어린 나이란다. 이 말이 무슨 뜻인지 알겠니?"

레지나가 고개를 젓자 오웬이 미소를 지으며 설명했다.

"아직 네게는 기회가 많을 거라는 얘기란다. 몸이 약한 엄마도 남매를 낳았는데, 젊고 건강한 네가 그 이상을 못 낳겠니? 말이 나온 김에 나는 되도록 많은 손자 손녀를 보고 싶구나. 폐하께서도 외롭게 자라셨을 테니 필시 그걸 원하실 거다."

"엄마, 전 불안해요."

"무엇이 말이냐?"

"대대로 손이 귀한 황실이잖아요. 제가 다시 아기를 갖지 못할……."

"레지나!"

오웬은 급히 딸의 말을 잘랐다. 그녀가 이제까지와는 다른 엄한 음성으로 레지나를 나무랐다.

"그런 소리는 함부로 하는 게 아니다! 말이 씨가 된다는 소리도 있지 않으냐!"

"그치만 엄마……."

"안다, 다 알아. 네가 앉은 그 자리에 얼마나 막중한 책임이 따르는지. 하지만 딸아, 가끔은 그 책임감도 내려놓을 필요가 있는 거란다. 그렇지 않으면 그 무거움에 눌려 네가 망가질 수가 있어."

오웬이 힘주어 경고했다.

"넌 언제나 씩씩하고 밝은 아이였잖니. 있지도 않을 먼 미래를 상상하며 불안해하는 건 너답지 않구나. 더욱이 산모의 불안한 감정은 태아에게도 나쁜 영향을 끼칠 수가 있단다."

거기까지는 미처 생각하지 못한 듯 레지나가 흠칫 놀라며 배를 감쌌다. 지금껏 상상한 모든 것들이 아기에게 전해졌을 거라 생각하자 미안함이 이루 말할 수가 없었다.

"미안하다, 아가야. 엄마가 바보처럼 굴어서……. 다시는 그런 상상도 말도 하지 않을 테니 이번 한 번만 용서해주겠니?"

불안한 눈초리로 레지나가 오웬을 바라봤다. 그런 딸에게 잘하고 있다며 오웬이 고갯짓으로 응원했다.

"넌 폐하께도 내게도 매우 귀중한 생명이란다. 부디 건강하게만 자라서 우리에게로 와주렴. 엄마는 그것 말고는 아무것도 바라지 않는단다."

오웬은 문득 스무 해 전 자신의 모습이 떠올랐다. 뱃속에 레지나를 품고 팔에는 리안을 안은 채 남편과 즐거운 한때를 보내던 시절.

'여보, 우리 딸이 아이를 가졌어요. 거기서도 보이시나요?'

그때는 든든한 남편이 있었지만 이제는 없다. 임신한 딸을 보고 있으니 먼저 떠난 그가 사무치게 그리워진다.

'당신이 지켜주세요. 우리 딸이 당신 닮은 멋진 아이를 낳을 수 있게 말이에요.'

"엄마……?"

지금 상황에서 눈물을 보여야 할 쪽은 오히려 레지나였다. 따끔한 질책과 함께 용기를 북돋아 주던 엄마가 돌연 눈물을 보이자 레지나는 의아했다.

"나도 참 주책없기는."

오웬이 민망한 듯 서둘러 눈물을 닦았다. 안정을 취해야 할 딸 앞에서 실수를 한 것 같아 뒤늦은 후회가 밀려왔다.

"혹시 아빠 생각하신 거예요?"

"……어떻게 알았니?"

"어떻게 알긴요. 당연한 거잖아요. 제가 결혼할 때도 우시고서는."

레지나가 오웬의 손을 꼭 잡았다.

"오늘 저 때문에 죄송해요. 엄마한테는 좋은 모습만 보이기로 아빠랑 약속했었는데……."

"약속?"

"네. 다섯 살 때였나? 아파서 누워계신 엄마한테 가겠다고 제가 떼를 썼어요. 아빠가 엄마는 지금 힘들어서 안 된다고 하셨는데 제가 고집을 부렸죠. 그때 처음으로 아빠한테 무지 혼이 났어요."

"아빠가 널 혼냈단 말이니?"

오웬은 쉬이 믿어지지 않았다.

하나밖에 없는 딸이라며 장남인 리안보다도 레지나를 끔찍이 위하던 남편이었다. 가끔은 정도가 심해서 아내인 그녀가 질투한 적도 있었다.

"엉덩이까지 맞았는걸요?"

"세상에……!"

"아빠가 그때 말씀하셨어요. 엄마는 몸이 약하니까 제가 안 좋은 모습을 보이면 다른 사람들보다 더 힘들어하신다고. 그러니까 좋은 모습만 보여야 한다고. 그래야 제 곁에서 오래 사실 거라고 그러셨어요."

어린 딸에게 그런 걸 가르쳤을 줄은 전혀 몰랐다. 다섯 살이면 무척이나 어린 나이인데, 여태 잊지 않고 기억하는 딸이 대견하면서도 짠했다.

남편이 죽고 나서도 너무나 의젓했던 딸이 오웬은 그제야 이해가 갔다.

'그게 다 당신 덕분이었군요.'

참고 있던 눈물이 다시 샘이 되어 솟아오른다.

제자리 57

"오빠랑 저랑 앞으로 더 잘할게요. 그러니 엄마는 아빠 몫까지 오래오래 사셔야 해요. 아셨죠?"

오웬은 꼭 그러마 약속했다. 허리가 굽고 머리가 허옇게 셀 때까지 살아서 손자 손녀의 자식들까지도 보겠다고 딸과 굳게 약속했다.

"황후 마마, 폐하께서 또다시 선물을 보내셨사옵니다."

모녀간의 애틋함이 정점을 찍을 때였다. 아직도 끝나지 않은 사위의 선물이 이어졌다.

"엄마, 제가 폐하 때문에 정말 못 살겠어요! 옆방까지 꽉 차서 이젠 둘 곳도 없는데, 언제까지 이러신대요?"

과한 선물은 오히려 역효과를 일으킨다는 걸 사위가 빨리 깨닫기를 오웬은 속으로나마 작게 기도했다.

*　　　　*　　　　*

"여기 물 한 잔만 더 주게."

글렌은 입이 바짝 말랐다. 정확히 두 시간 전 뜬금없는 호출을 받았다. 긴히 할 얘기가 있으니 입궁을 하라는 황제의 명이었다.

제국의 대신으로서 입궁이야 늘 있는 일이지만, 글렌은 이제껏 단 한 번도 황제와 개인적인 면담을 가져본 적이 없었다. 최근 별장에서의 대화 말고는 서로 간에 부드러운 얘기가 오간 적도 없었다.

그런 자신을 황제가 갑자기 찾는 이유가 무엇일까?

고맙다는 말이라면 이미 두 번이나 들었다. 뱀부의 별장에서, 그리고 대전 회의에서.

황제가 공식적으로 그의 공을 치하하는 바람에 귀족들 사이에선 한동안 눈치 싸움이 벌어지기도 했었다. 그가 황제를 도왔다는 것은 곧 그들에게 공작이 돌아섰다는 것과 같은 의미이기 때문이다.

실제로 글렌의 공로 덕분에 재상인 타운젠드 공작은 가벼운 근신 정도만 받는 것으로 마무리되었다. 정작 그 일로 부자간의 관계는 멀어졌지만, 아들이 아버지의 자리를 지킨 셈이다.

현재 많은 수의 귀족들이 황제파로 속속 편승하고 있었다. 거기엔 8서클의 대마법사 된 리안의 능력이 가장 크게 작용했겠지만, 황제와 우호적인 관계로 전향한 타운젠드 가문의 영향도 상당수 작용했다.

"고맙네."

시종이 내온 물을 덥석 받아들며 글렌이 벌컥벌컥 들이켰다. 찬 기운이 목을 타고 전신으로 퍼지자 그를 옥죄던 긴장감이 조금 잦아들었다.

이제야 살 것 같다며 글렌이 중얼거리는 순간, 약속이

라도 한 듯 문이 열리며 황제, 라테스가 들어왔다.

가벼운 발걸음에 산뜻한 표정. 글렌과 달리 그는 무척 기분이 좋아 보였다.

"신 황제 폐하를 뵙습니다."

가벼운 끄덕임으로 글렌의 인사를 받으며 라테스가 상석에 자리를 잡고 앉았다. 곧바로 따뜻한 차 두 잔이 그들 사이에 놓였다.

"들지."

황제의 명이니 마시긴 하겠다만, 글렌에게는 지금 차가 아니라 차가운 물 한 잔이 더 절실했다.

글렌 본인도 이상할 노릇이었다. 아버지에게 반하면서까지 그를 도운 마당에 자신이 이렇게 떨 이유는 없었다.

그가 두려워서? 아니다.

어느 때보다 황제의 위상이 높아진 건 사실이나, 글렌에게는 이전이나 지금이나 벨라의 아들일 뿐이었다.

달라진 점이라면 한때는 누구보다 증오했지만, 이제는 지켜야 할 대상이 되었다는 것이었다.

"재상은 잘 지내고 있는가?"

라테스는 본격적인 이야기에 앞서 공작의 안부부터 물었다. 사람들과의 접촉을 끊고 두문불출한다는 말은 이미 들어서 알고 있지만, 아들을 만났으니 예의상 묻지 않을 수 없었다.

"아버지께서는 저택에서 조용히 근신 중이십니다. 폐하께 다시 한 번 사죄의 말씀 전해달라 이르셨습니다."

"재상이 말인가?"

절대 그랬을 리 없다. 그건 하늘이 알고 땅이 안다. 공작이 어떤 사람인데 그런 말을 내뱉는단 말인가.

그가 순순히 근신 처벌을 받은 것도 한 보 물러서기 위한 전략이지, 자신의 잘못을 인정해서가 아니었다. 공작은 사죄라는 것을 아예 모르는 자였다.

"네, 폐하. 깊이 반성한다 하셨습니다."

이것도 당연히 거짓.

"타운젠드 백작."

"……?"

갑작스러운 호명에 글렌이 내려놓았던 시선을 바로 했다. 그녀를 똑 닮은 초록빛 눈동자가 그를 곧이 응시했다.

"애써 거짓말하지 말게. 재상에 대해서는 나도 알 만큼 알고 있다네."

"폐하, 아버지께서는 정녕……."

"재상을 본 지는 얼마나 되었나?"

허를 찌르는 질문이었는지 글렌이 말을 잇지 못하고 주춤거렸다. 그것으로 대답은 충분하다.

"나 때문에 부자가 괜히 서먹해졌군. 이거 미안해서 어

제자리 61

쩌지?"

"아닙니다, 폐하. 오해이시니 그런 말씀 마십시오."

"그거 아냐?"

"네? 무슨……?"

"그대는 거짓말을 너무 못 해."

어린 시절, 라테스는 그가 정말로 싫었다. 자신을 대면할 때마다 마치 잡아먹을 것처럼 노려보던 그가 재상인 공작보다도 싫을 때가 많았다.

하지만 이제는 그렇지 않다. 그에게 도움을 받아서인지, 아니면 그날의 고백 때문인지 이유는 자신도 모르겠다.

그저 이 순간, 아버지와 등을 지고서도 옹호하는 그의 모습이 좋아 보였다.

그래서 어머니는 그와 사랑에 빠지셨던 것일까?

타운젠드 백작은 꿈에도 모를 것이다. 독에 중독되어 가사 상태에 빠져 있던 자신이 그의 얘기를 전부 들었다는 걸.

어쩌다 어머니와 그의 사이가 이렇게 된 것이지는 모르나 짐작이 아주 안 가는 건 아니었다.

그날 백작의 입을 통해 이미 들은 바지만, 라테스의 생각에도 시골 변방의 작은 가문의 딸이었던 어머니를 타운젠드 공작이 마음에 들어 했을 리가 없다.

그렇다면 그림이 그려진다.

아들에게서 여인을 떼어내고 황권도 약화시킬 일거양득의 기회. 참으로 비겁한 짓이지만, 그 결과물이 자신이라는 사실에 라테스는 내심 씁쓸했다.

"저희 부자 사이가 걱정되어 부르신 거라면 아무 문제없으니 괘념치 마십시오. 혹여 마찰이 있었다 해도 그것은 알아서 해결해야 할 집안일입니다. 황송하오나 그러한 관심은 거두어 주십시오."

갑자기 거짓말 운운하며 말이 없는 황제가 글렌은 불편했다. 분위기마저 왠지 심상치 않은 게 자신이 못 올 데를 온 듯한 기분이었다.

"꼭 그 때문에 부른 것은 아니네."

라테스는 숨기지 않고 본론으로 들어갔다.

"내 어머니 말일세. 그에 대해 말해주고 싶은 게 있어서 그대를 부른 것이네."

"……!"

글렌은 당황하지 않으려고 애썼다. 자신이 잘못 들은 게 분명했으니까. 그게 아니라면 이 상황은 도저히 납득이 불가능했다.

"난 지금보다 어렸을 때 의문을 품었다네. 왜 어머니는 아버지를 사랑하지 않으실까 하고."

"폐하!"

"계속 듣게. 그대가 꼭 들어주길 바라네."

글렌의 얼굴에 경악이 서렸다. 그가 듣길 원한다는 건 모든 걸 알고 있다는 말과 같았기 때문이다.

"아버지는 외로운 분이셨네. 황궁 어디에도 마음 붙일 사람이 없으셨지. 그래서 난 어머니가 미웠네. 어머니와 달리 아버지는 어머니를 진심으로 아끼고 사랑하셨거든. 하지만 크면서 알았지. 어머니에겐 잘못이 없다는 걸. 어머니는 그저 힘없는 가문의 딸로 태어난 죄밖에는 없으셨던 거네. 사랑이라는 건 강요한다고 해서 생기는 것이 아니니까. 더욱이 누군가에 먼저 마음을 뺏겼더라면 말이야."

그 누군가가 글렌이라는 것은 황제의 눈이 대신 말해주었다.

"그걸 알았을 때 난 결심했네. 사랑 없는 결혼은 절대 하지 않겠다고. 그 결과가 오늘의 나일세. 어여쁜 황후를 맞아 잘살고 있지."

레지나를 떠올린 듯 황제의 표정이 한결 편안해졌다.

"그렇다 보니 어머니가 혼자인 것이 걸리더군. 어머니도 아버지처럼 평생을 궁에서 외롭게 보내셨네. 이제는 좀 평온해지셨으면 하는 게 내 소망이 되었지."

글렌도 마찬가지였다. 그녀가 행복해지는 것. 그거 외에는 그도 바라는 것이 없었다.

"그래서 말인데 타운젠드 백작, 그대가 자주 찾아와서 말상대가 되어주면 안 되겠나?"

"시, 신이 말입니까?"

눈이 휘둥그레지는 제안이었다. 설마 황제가 이런 부탁을 할 거라곤 상상도 못 했다.

남들이 들으면 말상대가 뭐 별거냐고 하겠지만, 글렌은 황제의 숨은 뜻을 간파했다. 황제는 지금 벨라와 자신의 사이를 눈감아주겠다는 무언의 약조를 하는 중이었다.

"어려운 부탁인 거 아네. 남의 시선도 신경 쓰이겠지. 그렇지만……."

"그런 건 괜찮습니다."

벨라를 만날 수 있다는데 타인의 시선 따위는 중요치 않다. 그런 걸 따질 정도로 예민한 성격도 아니고, 만약 그랬다면 애초에 시작도 하지 않았을 것이다.

그가 걱정되는 건 정작 그녀가 자신을 거부할지도 모른다는 것이었다.

"허면 내 청대로 하겠다는 건가?"

반색하며 묻는 라테스에게 글렌이야말로 다시 묻고 싶었다. 벨라를 계속 만날 수만 있다면 그는 어떤 대가라도 치를 준비가 되어 있었다.

"……정녕 신이 그리해도 되겠습니까?"

"어머니가 활짝 웃으시는 모습을 보고 싶다네. 그건 내가 아니라 그대만이 해줄 수 있는 일이지."

 사실 글렌도 자신은 없었다. 하지만 시도는 해보고 싶다. 그 역시 벨라가 환하게 미소 짓기를 누구보다도 원한다.

 그 옛날 아름다웠던 시절처럼.

제3화

칼리스타 공작

 유난히 따뜻한 늦겨울 날씨였다.
 구름 한 점 없는 하늘은 가을 하늘처럼 맑고 푸르렀으며, 눈 녹은 길가에는 어느새 풀이 돋아 곧 봄이 올 것임을 알렸다.
 "워워!"
 정오가 되기까지 얼마 남지 않은 시각.
 옥빛 휘장이 달린 커다란 마차가 칼리스타 백작의 황도 저택 앞에 멈춰 섰다. 그리고 그곳으로부터 하늘색 단발머리를 한 예쁜 소녀가 달뜬 모습으로 내려섰다.
 "비앙카 아가씨, 어서 오십시오."

그녀를 맞은 건 알만이었다. 다른 날에 비해 유독 멋진 정장을 갖춰 입은 알만이 밝은 얼굴로 그녀에게 문을 열어주었다.

"알만, 오늘은 여기서 뵈네요!"
"네, 아가씨. 좋은 아침입니다. 식사는 하셨습니까?"
"그럼요. 드레스 때문에 조금밖에 먹지 못했지만요."

입 모양을 귀엽게 오므리며 비앙카가 코트를 벗어 하녀에게 넘겼다.

"아가씨, 너무 아름다우세요!"

무심코 코트를 건네받던 하녀가 드러난 그녀의 자태에 탄성을 지르며 눈을 떼지 못했다. 항상 수수한 옷차림만 하던 비앙카가 화려한 드레스에 화장까지 하자 마치 천사를 보는 듯했다.

"고마워, 잔느."

오늘은 칼리스타 가문의 경사스러운 날이기도 하지만, 비앙카에도 아주 중요한 날이었다. 가문이 복권되고 처음으로 오빠와 같이 참석하는 황실의 행사인 것이다.

나름 신경을 쓴다고 꾸미기는 했는데 차림이 영 불편해서 자신감을 잃어가던 차, 잔느의 칭찬은 비앙카에게 큰 용기를 주었다.

"제가 여태껏 본 아가씨 중 오늘이 가장 아름다우세요. 앞으로도 쭉 이렇게 하고 다니셨으면 좋겠어요!"

"힘들겠지만 노력은 해볼게."

장장 네 시간을 넘게 공들여 얻은 결과물이었다. 또다시 그런 수고를 마다할 자신은 없었지만, 자기 일처럼 기뻐하는 잔느를 실망하게 하고 싶지도 않았다.

"그럼 수고해."

비앙카가 손을 흔들고는 알만을 따라 응접실로 향했다.

"어? 엘!"

다른 손님이 먼저 와 있을 줄은 몰랐다.

긴 머리를 찰랑이며 자리에서 일어나는 엘을 보고 반가워하던 비앙카가 순간 멈칫했다.

"세상에! 내가 아는 엘 맞아요?"

비앙카가 편한 원피스 차림만 고집했듯 엘 역시 평소 일하기에 간편한 복장만을 선호했고, 그런 옷들은 대개가 치마라고 해도 중성적인 분위기가 나기 일쑤였다.

하지만 오늘은 달랐다.

면사를 쓰고 다녀야 할 만큼 아름다운 외모를 지녔다는 건 전부터 알고 있었지만, 여인처럼 치장한 모습을 보니 전혀 다른 사람 같았다.

"드레스가 너무 잘 어울려요!"

옷이 날개라는 말이 정말이지 딱 어울리는 상황이었다. 부드러운 실크 재질의 청록빛 드레스가 엘의 하얀 피부와 대조되며 그녀의 미모를 한층 더 부각시켰다.

노출은 전혀 없음에도 타이트한 디자인 탓에 그녀의 굴곡진 몸매가 고스란히 드러났고, 그로 인해 대단히 관능적인 느낌을 풍겼다.

"오랜만이라서 좀 쑥스러운데, 괜찮은가요?"

"네! 네! 정말 정말 예뻐요!"

기도하듯 두 손을 가슴에 모은 채 비앙카가 세차게 고개를 끄덕였다. 그 모습이 귀엽고 고마워서 엘은 웃음이 났다.

"비앙카 아가씨도 마찬가지입니다. 오늘 정말 아름다우세요."

"그 말 진심이죠? 저 오늘 신경 많이 썼거든요."

"떨리세요?"

"네, 그것도 아주 많이요. 사실 황궁에 가본 적이 아직 한 번도 없거든요."

아버지가 살아계셨을 땐 너무 어려서 그랬고, 크고 나서는 알다시피 시골에서 숨어 산 덕분에 황궁 근처에는 가보지도 못했다. 가문이 복권된 이후로도 이것저것 할 일이 많다 보니 자연스레 황궁에 갈 생각 같은 건 해보지도 않았다.

"다들 절 어떻게 볼지 걱정이 돼서 어제는 거의 잠도 못 잔 거 있죠. 화장 뜬다고 진이 어찌나 겁을 주던지. 그래서 더 못 잤어요."

"라키아 님이 옆에 계실 텐데 무슨 걱정이세요. 저도 같이 있을 테니 긴장하지 마십시오. 황궁도 가보면 사실 별거 없습니다."

리안을 모시는 처지이다 보니 엘도 최근 황궁 출입이 잦아졌다. 그녀도 처음에는 꽤 초조해하고 긴장을 했었는데, 지금은 제집 드나들 듯 편하게 오가고 있었다.

"그보다 진은요? 함께 오지 않은 겁니까?"

"아, 진은 궁으로 직접 오기로 했어요. 전 오빠랑 같이 가려고 여기로 온 거고요. 며칠 동안 못 봤거든요."

"라키아 님이 요즘 단원들과 훈련을 너무 열심히 하시는 듯합니다. 외로우시면 언제든 말씀하세요. 제가 기꺼이 친구 해드릴 테니."

"에이, 엘은 오빠보다도 바쁘신 분인 거 아는데요. 그치만 말만으로도 감사해요."

알만과 리안에게 틈틈이 영지 경영 수업을 받느라 비앙카도 바쁘게 지내는 편이었지만, 그건 엘에 비하면 새발의 피라고 해야 했다.

평균 수면 시간이 세 시간밖에 되지 않을 정도로 많은 일을 하면서도 항상 흐트러짐이 없는 엘은 비앙카가 본받고 싶은 여성상이었다.

"우아! 이게 다 누구야!"

그렇게 주거니 받거니 하며 두 여인의 대화가 무르익어갈 무렵, 노크도 없이 문이 열리더니 익숙한 하이 톤의 음성이 들려왔다. 엘과 비앙카의 얼굴에 동시에 미소가 떠올랐다.

"아사 님, 어서 오세요."

"그동안 어떻게 지내셨어요?"

존칭은 그저 묘인족에 대한 예우일 뿐 그들 셋은 매우 돈독한 사이였다.

"나야 뭐 그냥 심심하게 지냈어. 근데 엘이랑 비앙카 오늘 진짜 멋지다! 둘이 원래 이렇게 예뻤었나?"

두 여인의 새로운 모습에 연신 감탄하며 아사가 입을 다물지 못했다.

물론 그런 본인도 한껏 치장하기는 매한가지였다.

딱 봐도 고급스러운 티가 팍팍 나는 묘인족 정통 복장에, 머리에는 커다란 보석이 박힌 화려한 문양의 붉은색 터번을 쓰고, 목과 어깨, 팔 그리고 손목에는 이름도 알 수 없는 다양한 색상의 보석들을 주렁주렁 달고 있었다.

인간 세상에서 흔히들 졸부 패션이라 불리는 그 차림이 아사에게는 어찌나 잘 어울리는지 두 여인은 그저 놀라울 뿐이었다.

"아사 님이야말로 복색이 남다르신데요? 뒤에 계신 류지 님도 그렇고, 두 분 오늘 너무 멋지세요."

"피, 멋지기는 무슨."

갑자기 정색하며 돌아보는 모양새가 오늘 둘 사이가 별로임을 짐작하게 했다.

자주 토라지는 아사의 성격을 누구보다 잘 아는 엘과 비앙카다. 말없이 서 있는 류지에게 멋쩍은 웃음을 보이며 엘이 화제를 전환했다.

"심심하게 지내셨다니, 죄송합니다. 아신 님도 안 계셔서 적적하셨을 텐데 제가 미처 신경을 쓰지 못했네요."

"됐어. 엘한테 그런 소리 들으려고 말한 거 아니야. 그리고 짜증은 좀 났지만 이젠 괜찮아. 리안이랑 온천에 가기로 했거든."

생각만으로도 신이 나는 듯 아사의 표정이 급변했다.

"온천이요?"

"응, 레어에 가면 있대!"

"와아! 레어에 가시기로 하셨어요?"

"리안이 구경시켜준다고 전부터 약속했거든. 비앙카도 같이 갈래?"

"앗, 제가 끼어도 되나요?"

당연히 가고 싶었다.

다른 데도 아니고 무려 드래곤이 살았다는 레어를 구경할 수 있는 기회다. 어느 누구라도 마다하고 싶지 않으리라.

하지만 반대로 그렇기에 망설여졌다. 그런 대단하고 엄청난 곳을 자신이 함부로 가도 되나 싶은 생각이 들었다.

"안 될 게 뭐 있어! 리안이라면 전부 다 환영일걸? 그치, 엘?"

"아마도요."

리안에게서 온천에 대해 듣지 못한 게 좀 서운하긴 하지만 엘은 웃으며 대꾸했다. 잠시 후면 황궁에서 작위식이 거행될 것이었다. 사담이라면 그 이후에 해도 충분했다.

"거봐, 엘도 그러잖아."

"음, 그러면 합류하는 대신에 제가 도시락을 싸 갈까요?"

"도시락?"

"네, 더운물에서 놀다 보면 배가 고프거든요."

"어라? 비앙카, 온천에 가본 적이 있는 거야?"

아샤의 흥분지수는 이미 고점을 찍고 있었다. 온천에 대한 어떤 환상이라도 있는 것인지, 중간마다 꿈꾸는 듯한 표정이며 말하는 게 조만간 온천에 가지 않으면 아주 사달이라도 날 것 같았다.

"진과 모니크에 살 때 가봤어요. 작은 온천이긴 했지만 거기 들어가면 피로가 싹 풀리는 게 되게 좋았어요."

"온천에 가면 피로가 풀려?"

"그럼요! 물이 차갑지가 않고 따듯하잖아요. 혈액순환이 잘 되면서 몸도 건강해지고, 피부도 완전 부드러워져요. 그날 밤에는 잠도 얼마나 잘 오는데요. 아, 갑자기 온천 가고 싶어졌어요!"

"온천이라니, 뭔 소리야?"

새로운 음성이 끼어든 것은 그때였다.

"오빠!"

라키아가 어느 틈엔가 문가에 서서 특유의 삐딱한 자세로 그들을 지켜보고 있었다. 비앙카가 한달음에 달려가 오빠의 앞에 섰다.

"나 어때? 괜찮아?"

"응, 예쁘네."

"진짜?"

"어, 잘 어울린다. 오늘도 어떤 놈이 치근덕거리나 감시 잘해야겠는걸?"

동생의 앞머리를 흐트러뜨리며 라키아가 피식 웃었다.

"오빠 어디 아파?"

어쩐지 웃음이 평소와 다른 느낌이었다. 왠지 기운도 없어 보이는 게 오빠답지 않았다. 비앙카가 손으로 라키아의 이마를 짚었다.

"음, 열은 없는데."

"당연히 없지. 이 오빠가 언제 아픈 적 있어?"

"아니, 없지."

"그런데 무슨 걱정이야?"

비앙카의 머리에 장난스럽게 꿀밤을 놓은 뒤 라키아가 성큼성큼 안으로 걸어 들어왔다.

"야, 흰머리! 너 리안이랑 이야기는 했어?"

"뭔 이야기?"

다른 사람들과는 인사도 나누는 둥 마는 둥 자리에 앉던 라키아가 아사의 물음에 고개를 들었다.

"리안이 너랑 따로 얘기해 본다고 했는데, 아직 안 했나 보네?"

"그러니까 무슨 얘기를 나한테 하는데."

"뭐긴 뭐야, 흰머리 너 화난 얘기지."

"내가 화가 나?"

어이없다는 듯 라키아가 인상을 가득 찌푸렸다. 아사가 실눈을 뜨며 손가락질했다.

"남자가 쪼잔하게 그게 뭐냐? 화난 게 있으면 말로 풀면 되지, 바보처럼 왜 혼자 끙끙거려? 흰머리 너 그렇게 안 봤는데, 완전 소심하구나?"

"뭐? 소심?"

태어나 처음 들어보는 말이었다. 평생을 기사로 살아온 그에게 녀석의 발언은 거의 모독과도 같았다.

"죽고 싶냐? 되다 만 고양이 주제에 이게 누구 보고 소심하대!"

라키아가 버럭 소리치자 응접실 전체가 쩌렁쩌렁 울렸다.

"그럼 왜 그러는 건데?"

"내가 뭘?"

"화난 게 아니라면서 왜 밥을 안 먹느냐고. 흰머리 너 때문에 사람들이 얼마나 신경 쓰는 줄 알아?"

리안이야 안 지 며칠 안 되었지만, 알만이나 다른 하녀들은 요즘 모이기만 하면 하는 말이 오늘 있을 작위식과 라키아의 식사에 관한 것이었다.

어마어마한 식사량을 자랑하던 그가 평소 양의 반의반도 먹지 못하고 있으니 이상해도 한참 이상한 것이다(그럼에도 일반 사람에 비하면 많기는 하다).

"나 원 참! 많이 먹으면 많이 먹는다고 놀라고, 적게 먹으면 적게 먹는다고 난리고. 나보고 뭐 어쩌라는 건데?"

"어쩌기는, 평소대로 먹으면 되지!"

"난 먹는 것도 내 맘대로 못 하냐? 내가 짐승이야? 주는 대로 처먹게!"

결국 라키아가 터졌다. 안 그래도 근래 기분이 저조한 그다. 별일도 아닌 것 같고 아사가 트집을 잡자 억누르던 짜증이 폭발했다.

"아, 깜짝이야! 갑자기 소리는 왜 질러! 나는 기껏 생각해서 말해줬는데, 흰머리 너 웃긴다!"

순식간에 분위기가 싸해졌다. 온천 얘기로 한껏 들떠있던 아사가 도끼눈을 뜨고 라키아를 노려보았다.

"오빠, 요즘 입맛이 없어?"

비앙카가 함께 있는 것이 다행이라면 다행이었다. 그녀가 걱정 어린 목소리로 끼어들자 라키아는 화를 더 낼 수가 없었다.

"아니, 그냥 훈련에 집중하다 보니 평소보다 조금 덜 먹었을 뿐이야. 겨울이라서 그런 것도 있고."

"그렇다면 더 이상한걸? 전에는 그런 경우 평소보다 훨씬 더 많이 먹었잖아. 나 어렸지만 다 기억나."

"그때는 한창 자랄 때니깐 그렇지. 지금은 아무리 맛있어도 그때처럼은 못 먹어."

"그럼 정말 아무 일 없는 거야?"

"그렇다니까. 어휴, 저 되다 만 고양이 자식이 괜한 소리를 해서는……."

라키아가 힐긋 째려보자 아사가 혀를 삐죽 내밀었다.

"내가 흰머리 너 소심하다고 다 소문낼 거다!"

"아사 님!"

"내가 뭐 없는 말 지어냈나?"

엘이 말려 봤지만 소용없었다. 심통이 난 아사가 작정하고 라키아를 놀려댔다.

"끄응. 내가 참는다, 참아."

비앙카도 비앙카지만, 오늘은 리안이 공작위를 하사받는 매우 중대한 날이었다. 마음 같아선 엎어놓고 실컷 패대기를 쳐주고 싶었으나 라키아는 일단 참기로 했다.

"모두 모이셨군요."

분위기가 더 험악해지기 직전, 알만이 들어섰다. 그가 일행을 빙 둘러보며 마차가 준비되었음을 알렸다.

"근데 리안은?"

밖에 세워진 마차는 총 두 대였다. 그중 어디에도 리안이 보이질 않자 아사가 물었다.

"영주님은 아침 일찍 마님과 함께 출발하셨습니다. 작위식이 거행되기 전에 처리하셔야 할 일들이 좀 있어서요."

"또 그놈의 일 얘기! 리안은 아무리 생각해도 일 중독이 틀림없어!"

오늘 같은 날은 좀 쉬어도 될 텐데 역시나 리안은 당해 낼 수가 없었다. 아사가 못마땅하다는 듯 구시렁거리며 빈 마차에 올랐다.

"가만!"

마차에 앉자마자 아사가 창을 열고 머리를 쭉 내밀었다.

"말꼬랑지는? 말꼬랑지도 안 보이는데?"

"아, 후작님도 같이 가셨습니다."

"헐! 뭐야! 나는 버리고 말꼬랑지만 데리고 간 거야? 어? 그래?"

리안이 차이를 편애하는 게 분명하다며 아사가 재차 폭발하려는 순간이었다. 흡사 이런 일이 생길 줄 미리 알았다는 듯, 알만이 조금의 당황도 없이 차분히 설명했다.

"아사 님께서 너무 고이 주무시고 계셔서 깨울 수가 없었습니다. 제가 어제 당부드리지 않았습니까. 오늘을 위해서 일찍 주무시는 게 좋을 거라고. 그치만 제 말씀 안 들으셨죠?"

"그건…… 내가 원래 좀 야행성이라……."

"궁에 가시면 영주님을 만나실 수 있을 겁니다. 마차가 출발해야 하니 어서 똑바로 앉으십시오."

"으응, 알만. 알았어."

역시 알만은 노련했다. 마차 안에 있던 비앙카가 최고라며 엄지손가락을 치켜들었다.

"저도 가서 뵙겠습니다. 자, 출발!"

알만이 신호하자 대기 중이던 마부가 힘껏 채찍을 휘둘렀다. 곧바로 말발굽 소리가 요란하게 울리며 마차가 달리기 시작했다.

"우리도 갈까요?"

알만의 뒤로는 어느새 대표로 선발된 하인들이 자신들

이 가진 가장 좋은 옷을 입고 모여 있었다.

리안의 호위기사였던 오스왈트와 유모 마그, 라키아를 치료했던 어여쁜 치료사 매들린과 씩씩한 대장장이 아저씨 그룬버그, 그리고 한스의 둘도 없는 친구였던 클로드와 스캇까지.

그들 일곱이 기쁜 마음 반, 설레는 마음 반으로 남은 마차에 올라탔다.

칼리스타 백작가가 공작가로 거듭나는 뜻깊은 날!

리안을 아끼는 모든 이들이 황궁으로 총출동했다.

   ※   ※   ※

리안의 작위식이 거행될 곳은 황궁의 별궁 중에서도 가장 아름답기로 소문난 루비 궁전이었다. 외부에는 단 한 번도 공개된 적이 없을 만큼 비밀스러운 그곳을, 황후의 오라비이자 8서클 대마법사인 리안을 위해 특별히 개방하라는 황제의 명이 떨어졌다.

새로운 공작의 탄생이 안 그래도 궁금했던 귀족들에게 그것은 반드시 참석해야 할 또 하나의 중요 이유가 되었다.

궁전이 건립된 이래로 가장 많은 이들이 모여들었다. 천여 명은 거뜬히 수용할 수 있도록 설계된 파티 홀에 바닥조차 보이지 않을 정도로 빽빽이 사람들이 들어찼다. 제국의 귀족이란 귀족은 전부 다 모인 것 같았다.

"얼굴도장 찍으려고 다들 난리가 나셨구먼."

홀의 구석진 곳.

눈에 띄는 것이 귀찮아 조용히 샴페인만 마시고 있던 라키아가 전방을 응시한 채 중얼거렸다.

이곳에서 과연 리안의 승작을 진심으로 축하할 사람이 몇이나 될 것인가?

녀석의 측근을 뺀다면 백 아니, 그 반도 안 될 것이다. 내기를 걸어도 좋았다. 라키아는 전 재산이라도 걸 수 있었다.

"저라도 그랬을 겁니다. 눈도장이라도 찍어놔야 속이 좀 편하지 않겠습니까?"

엘이었다. 그녀가 누군가를 싸늘히 쳐다보며 라키아에게 말했다.

"그러니까 어리석다는 얘기야. 리안이 어디 친분 따위로 봐줄 녀석이야?"

"죄가 있다면 당연히 아니겠지만, 깨끗하다면 안면 있는 자들이 그렇지 않은 이들보다 상대적으로 더 유리하지 않겠습니까?"

"거 참, 에나벨. 정보 길드 마스터 맞아?"

"예?"

"저 중에 깨끗한 놈이 몇 명이나 있을 것 같아?"
"아."
그제야 이해했다는 듯 엘이 고개를 끄덕였다.
"끽해봤자 열 명, 스무 명? 대부분이 썩은 귀족들이야. 권력자에게는 간도 쓸개도 내줄 것처럼 아양이란 아양은 다 떨면서, 정작 지들이 보살펴야 할 영지민들의 등골은 쪽쪽 빼먹는 한심한 놈들이 거의 다라고."
"압니다. 그래서 더 기대가 되고요."
"기대?"
"네, 백작님께서 그들을 바꿔놓을 거라는 기대 말입니다."
전부터 생각했었다. 언젠가 리안이 높은 위치에 오르게 된다면 그 밑의 사람들도 변하지 않을까 하는 희망 같은 거. 예전엔 그 희망이 어렴풋했다면 지금은 좀 더 선명해졌다.
"하긴, 내가 그 생각은 못 했네. 맞아, 녀석이라면 그러고도 남지. 불과 오 년 만에 여기까지 온 녀석이니까."
"말은 안 해도 다들 두려워하고 있을 겁니다. 타운젠드 공작도 언제 무너질지 모른다며 수군거리는 소리가 나올 정도니까요."
"쉽지는 않을 거야. 그 능구렁이는 맥카시처럼 막가파가 아니거든."

"한시도 눈을 떼지 않고 있습니다. 허점을 보이는 순간 파고들 테니 너무 염려하지 마십시오."

"뭐 그거야 에나벨이 알아서 잘하겠지."

빈 잔을 내려놓으며 라키아가 똑바로 섰다.

"그런데 아까부터 누굴 그렇게 째려보는 거야?"

그가 엘의 시선을 좇아 고개를 젖혔다.

"저놈인가?"

구석진 곳이긴 해도 사람들이 바글바글하긴 마찬가지였다. 삼삼오오 모여 수다가 한창인 무리들 틈에서 웬 사내 하나가 라키아의 시야에 걸렸다.

"이름 닐 카프리, 카프리 남작가의 차남입니다."

"아는 놈이야?"

"네, 보는 건 처음이지만 아주 유명한 놈이죠."

"뭐로 유명한데?"

제법 반반하게 생겼다는 것 말고는 딱히 눈에 띄는 점이 없었다. 굳이 꼽으라면 느끼한 눈빛 정도?

사내는 다른 건 안중에도 없다는 듯 연신 엘을 향해 추파를 던지고 있었다.

"바람기요. 여인이라면 나이 고하를 막론하고 사족을 못 쓰는 발정 난 개 같은 놈입니다."

엘의 과격한 표현에 라키아가 휘파람을 불었다. 그녀는 불구대천의 원수라도 만난 듯 사내를 매섭게 쏘아보았다.

"혹시 앵거스보다 더한 놈이야?"

"성향은 다르지만, 여자 인생 망가트리는 걸로는 이쪽이 한 수 위죠."

"뭘 어쩌길래?"

"값비싼 선물 공세와 사탕발림으로 여인의 마음을 산 뒤, 몇 번 자고 나서 차버리는 게 놈의 수법입니다. 주로 순진한 어린 여자들이 그의 타깃이죠."

"헐, 완전 쳐죽일 놈이잖아?"

"저자 때문에 자살한 소녀까지 있습니다. 아무것도 모르던 소녀의 부모가 자살한 이유를 알고 싶다며 제게 의뢰를 해왔었죠."

"그래서? 저놈 짓인 거 다 밝혔어?"

"네, 그랬죠."

힘 빠진 그녀의 목소리에 라키아는 대충 결말을 예측했다.

"소녀의 가문도 나름 지방에서는 알아주는 편이었지만 카프리가에 비할 바는 아니었습니다. 뒤는 말씀 안 드려도 아실 겁니다."

"결론은 개아들이라는 거네."

비앙카도 순진한 어린 여자에 속했다. 동생이 저런 놈과 엮일 수도 있다고 상상하자 절로 욕설이 튀어나왔다.

"쓰레기 중의 쓰레기입니다. 아, 저 눈깔 확 뽑아버리고 싶어 미치겠네요."

"내가 뽑아줘?"

"그래 주시면 감사하겠지만, 제 일은 제가 알아서 하는 주의라서요."

무언가 결심한 듯 엘이 사내를 보며 갑자기 그림 같은 미소를 지었다. 그녀가 붉게 칠한 자신의 입술을 혀로 살짝 핥았다.

"어이쿠."

라키아가 피식거리는 순간 사내가 움직였다. 더 이상 망설일 필요가 없다고 여겼는지 그가 일행을 뿌리치고 엘을 향해 걸어왔다.

"제 발로 죽음의 언덕을 오르는구먼."

사내는 라키아를 보지 못한 것 같았다. 그가 자신만만한 태도로 엘에게 자신을 소개했다.

"저는 카프리가의 차남, 닐 카프리라고 합니다. 실례가 안 된다면 아리따운 숙녀분의 성함을 알 수 있을까요?"

"글쎄요. 제 이름이 뭘까요?"

평소의 딱딱한 말투가 아니었다. 간드러진 엘의 음성에는 애교가 가득했다.

그녀가 유혹적으로 눈을 깜박이자 닐의 얼굴에 욕망이 떠올랐다. 그는 바람둥이라는 말이 무색할 정도로 반응이 즉각적이었다.

"맞춰 보실래요?"

엘이 은근슬쩍 사내의 가슴에 손을 얹었다. 끈적한 눈빛을 바로 앞에서 마주하자니 구토가 쏠렸지만, 잠시 후를 위해 감연히 참았다.

"수수께끼 놀이를 좋아하시는 분인가 보군요. 귀엽기도 해라."

"어머! 제가 귀엽다니, 그런 칭찬은 처음 들어요!"

부끄럽다는 듯 엘이 볼을 붉히며 몸을 돌렸다. 그녀의 다리가 사내의 허벅지에 살짝 닿았다가 떨어졌다. 당연히 계산된 행동이었다.

"세상 남자들 눈이 전부 다 삐었나 보군요. 이렇게 귀엽고 아름다우신 분을 몰라뵈다니 말입니다."

드디어 걸려들었다. 용케 참고 있던 닐의 손이 엘의 잘록한 허리를 더듬기 시작했다.

"귀엽다고 말해준 사람이 없지, 예쁘다고 한 사람들은 많은데요?"

"하하! 그래도 죄다 눈이 잘못되지는 않았군요."

엘의 말투가 변했다는 것을 눈치채지 못한 그의 손길은 더욱 과감해졌다.

"머리가 잘못되는 것보다는 눈이 삐는 게 낫지 않을까요?"

"당연한 말씀입니다. 머리는 인간의 신체 중 가장 중요한 곳이니까요."

엘이 몸을 빼지 않고 가만히 있자 닐은 신이 났다. 어디서 이런 여인이 넝쿨째 굴러들어왔는지 운수 대통의 날이었다.

"이런, 그럼 이제 카프리 경은 큰일이겠군요."

"큰일이라니요? 무엇이 말입니까?"

"절 보고 반하신 걸 보면 눈은 지극히 정상이신데, 하는 짓은 영 무뇌아 같아서요."

"맞습니다. 제 눈은 지극…… 에?"

그제야 이상함을 감지하고 닐이 엘을 살폈다. 그런 그의 손은 여전히 그녀의 엉덩이에 가 있었다.

"좋으냐?"

"……!"

"만지니까 좋으냐고."

갑작스러운 반말도 반말이지만, 일순간에 변한 엘의 표정에 닐은 당황스러웠다. 방금 전까지만 해도 여신 같던 그녀의 얼굴이 어느새 야차처럼 변해 있었다.

"손 안 치워?"

엘의 서슬 퍼런 음성에 사내가 즉시 손을 뗐다.

"다음은 내 차례야."

"무슨……?"

"피장파장이란 말 몰라? 내 소중한 엉덩이를 만졌으

니, 당신도 그에 상응하는 걸 내놓아야 공평하잖아. 안 그래?"

 엘의 친절한 설명에도 그는 알아듣지 못한 것 같았다.

 그러거나 말거나 엘은 드레스를 위로 끌어당겼다. 그 탓에 가려졌던 그녀의 매끈한 다리가 고스란히 드러났다.

 "헙!"

 이런 상황에서도 욕정이 생기는 걸 보면 사내는 구제불능이라고 봐야 했다. 엘은 주저하지 않고 마음먹은 바를 실행했다.

 "이얍!"

 자로 잰 듯 정확하게 그녀의 하이힐이 닐의 낭심에 가 꽂혔다.

 퍽!

 부지불식간에 벌어진 일이었다. 이런 일이 일어날 거란 예상을 전혀 하지 못한 닐은 비명조차 지르지 못하고 그대로 고꾸라졌다.

 털썩!

 고통이 상당한 듯 그의 안색이 붉다 못해 푸르게 상기되었다. 두 손으로 급소를 가린 채 쓰러진 모습이 불쌍해 보일 지경이었다.

 놀란 주변 사람들이 뒤늦게 괜찮으냐고 물었지만, 그는 대꾸하지 못했다. 당장은 숨 쉬는 것만으로도 벅차 보였다.

그렇게 잠시 후.

"너, 너……!"

쉽사리 사라지지 않는 통증 때문에 여전히 볼썽사나운 자세로 바닥에 엎어져 있던 닐이 엘을 향해 일갈했다.

"감히 내게 이러고도…… 네년이 무사할 수 있을 것 같으냐!"

"무사하지 않으면?"

잠자코 있던 라키아가 나선 것은 그때였다. 그가 한 발짝 걸어나오며 심드렁하게 물었다.

"라, 라키아 경!"

엘에게 정신이 팔린 나머지 근처에 있던 라키아를 이제 발견한 닐이었다. 그가 서둘러 일어나려 했지만, 몸이 말을 듣지 않았다.

"내가 언제 내 이름을 불러도 된다고 허락했던가?"

"그, 그게…… 소, 송구합니다!"

가문이 복권되고 정식으로 작위를 이어받은 라키아지만, 아직 많은 이들에게는 백작이라는 호칭이 익숙지가 않았다. 닐도 그런 자 중 한 명이었다.

"에나벨, 저래서 어디 정신 차리겠어?"

"그렇다고 눈깔을 정말로 뽑아버릴 순 없잖아요."

"내가 해준다니까?"

"작위식이 엉망이 될 텐데요?"

"아! 내가 또 거기까지는 생각을 못 했네. 오늘 나 왜 이러지?"

"저를 너무 믿으시는가 봅니다."

"그런가?"

오가는 대화에 닐은 기함했다. 천하의 라키아가 믿는 여인이다. 미치지 않고서야 누가 그런 여인을 건드린단 말인가.

낭심 한 번 차인 것으로 끝나기만 한다면 그야말로 그에게는 기적이었다.

"죄, 죄송합니다! 제가 미거하여 백작님의 사람임을 몰라뵀습니다!"

"잘못 짚었어."

"한 번만 용서해 주시면 다시는 이런 실수 하지 않겠습니다! 그러니……."

"잘못 짚었대도."

"……예?"

"내가 아니라 내 친구의 사람이다."

친구라면 누구?

의문에 찬 닐의 표정이 다음 순간 새하얗게 질렸다.

"나 구해준 놈. 알지?"

당연히 알고 있다.

5년 전 모두가 죽었다고 생각한 라키아를 몰래 숨겨주고 보살펴준 이가 리안이라는 것은 제국민 모두가 아는 사실이었다.

"어버…… 어버……."

머릿속이 혼미해졌다. 그저 눈도장이나 찍으러 왔을 뿐이었다. 평소 정치에는 관심 없는 그지만, 새로운 공작에게 좋게 보여서 나쁠 건 없다는 판단에서였다.

그런데 하필이면 하고많은 여인 중에서 공작의 여인에게 손을 대다니.

'난 죽었구나.'

닐은 패닉에 빠졌다.

이제 막 제국 최고의 권력자가 된 인물의 눈 밖에 나게 생겼으니 그 속이 오죽할까. 충격으로 기절하지 않은 것이 그나마 다행이었다.

"일단 정신 좀 차리게."

계속 자리를 지킨다면 사태만 악화될 것이었다. 발을 동동 구르며 라키아의 눈치를 살피던 닐의 일행들이 재빨리 그를 들쳐 업고 홀을 빠져나갔다.

"다음에 정식으로 사죄드리러 가겠습니다."

"그러겠다는데?"

라키아가 돌아보자 엘이 차갑게 응수했다.

"그땐 아주 고자로 만들어버리겠습니다."

실행력만큼은 누구에게도 뒤지지 않는 엘이었다. 이세를 가질 생각이 조금이라도 있다면 향후 닐은 엘의 눈에 최대한 띄지 않는 것이 좋으리라.

"아씨! 리안은 대체 언제 오는 거야?"

아사가 불만에 가득 찬 목소리로 돌아온 것은 그즈음이었다. 비앙카와 궁전 구경에 나섰던 녀석이 툴툴거리며 그들에게로 왔다.

"잘 보고 왔어?"

주변이 조금 어수선한 느낌이었지만, 비앙카는 별 신경 쓰지 않고 대답했다.

"응. 정말 예쁘더라. 왜 이름을 루비라고 지었는지 알 것 같았어."

"붉은색은 예로부터 황가의 상징이기도 하지만 생명과 존엄, 고결함을 뜻하기도 한답니다. 전전대 폐하께서 붉은색을 특히 좋아하시어 이름을 먼저 지은 후에 시공을 명하셨다고 합니다."

좀 전과는 전혀 달랐다. 비앙카를 대하는 엘의 음성은 언제 그랬냐는 듯 부드럽고 나긋했다.

"아, 그렇구나. 역시 엘은 모르는 게 없네요."

아주 잠깐이지만 정보 길드에 들어가면 어떨까, 비앙카는 생각했다. 오빠의 반대가 있을 것이 분명하기에 단순히 생각으로만 그쳤지만, 엘을 보고 있으면 그녀처럼 되고 싶다는 갈망이 간혹 들 때가 있었다.

"저도 아는 것만 알지 모르는 건 모릅니다, 아가씨."

"맞아, 모르는 건 엘도 몰라. 리안이 언제 오는지 모르잖아. 그치?"

궁에만 오면 아사는 리안을 만날 수 있을 줄 알았다. 한데 그러기는커녕 식사도 하고 궁전 구경까지 마쳤는데도 리안이 나타나지를 않았다. 녀석의 짜증 지수는 이제 오를 때까지 오른 상태였다.

"죄송합니다, 아사 님. 그건 저도 어쩔 수가 없네요."

"으아, 나 심심해 죽겠다고! 이럴 줄 알았으면 그냥 저택에 있었지, 난 왜 데리고 온 거야!"

"뭘 얼마나 됐다고 난리야? 여기 후작님은 너보다 훨씬 전에 오시고도 여태 아무 말 안 하고 계시거든? 좀 본받을 수 없겠냐?"

몇 번째 같은 말을 듣고 있자니 질려버렸다. 한두 살 먹은 애도 아니면서 리안만 불러대는 아사가 라키아는 정말 이해 불능이었다.

"흰머리, 너 내가 말꼬랑지랑 나랑 비교하지 말랬지! 나 기분 엄청 나쁘거든?"

아사가 눈을 치뜨며 뒤쪽의 차이를 힐긋거렸다.

리안과의 약속대로 멋들어지게 제복을 차려입은 차이는 그런 아사에게 평소처럼 전혀 관심조차 주지 않았다.

그것이 더 기분이 나쁘다는 듯 아사의 얼굴이 붉으락푸르락 변해갔다.

"되다 만 고양이 주제에 기분은 무슨. 헛소리 그만 하고 여기 구석에 얌전히 있기나 해. 이제 조금 있으면 식 시작할 것 같으니까."

"진짜? 그럼 이제 리안 볼 수 있어?"

"그래. 해지기 전에는 끝내야지."

사실 말을 안 했을 뿐, 라키아도 슬슬 지겨워지던 참이었다. 생각보다 많은 하객 때문에 준비에 차질이 생겼는지 작위식이 늦어지고 있었다.

"응?"

분위기가 바뀐 것은 그때였다. 홀의 입구가 한순간 정체되는가 싶더니 이내 팡파르가 울리며 황제와 황후의 등장을 알렸다.

"황제 폐하와 황후 마마 드십니다!"

그 뒤로 황태후와 오웬, 그리고 근위 기사단과 황실 마법사들이 차례대로 들어섰다.

반가운 얼굴들이 보이자 아사가 번쩍 손을 들어 흔들었다. 그것을 발견한 테라가 같이 손을 흔들자 로이드와 바이런이 얼른 녀석을 붙잡아 끌고 갔다.

홀 상석에 마련된 태사의는 세 개였다.

라테스가 중앙을 차지하고 양측을 레지나와 이벨라 황

태후가 채웠다. 남은 사람들은 그들의 옆에 가지런히 도열했다.

이반이 사인을 보내자 음악이 멈췄다. 덩달아 사람들의 말소리도 줄어들었다.

"황궁을 찾아주신 귀빈 여러분, 모두 환영합니다."

이반의 중후한 목소리가 증폭 마법을 타고 홀 전체로 퍼져 나갔다.

"오늘 이 자리는 아시다시피, 그간 많은 노고를 보여주었던 칼리스타 백작에게 폐하께서 정식으로 공작위를 하사하기 위해 마련하셨습니다. 지체된 시간 때문에 많이들 기다리셨을 텐데 바로 시작하도록 하겠습니다."

이반의 말이 끝나자 멈췄던 음악이 다시 연주되었다. 그리고 홀 중앙에 깔린 붉은색 카펫 끝에서 오늘의 주인공인 리안이 드디어 입장했다.

고요하던 실내가 리안의 걸음이 시작된 곳으로부터 술렁이기 시작했다.

작위식의 주인이어서라기엔 무언가 다른 느낌이었다. 상대적으로 구석에 있던 일행은 그 이유를 리안이 가까워졌을 즘에야 이해했다.

그도 그럴 것이 리안의 모습은 말로 형용할 수 있는 수준이 아니었다. 본래가 여인보다도 고운 외모를 지닌 리안이지만 오늘은 특별했다.

제복을 갖춰 입었다고는 하나 평소대로 그다지 화려하지 않은 단정한 차림이었다. 그럼에도 이 자리에 있는 어느 누구보다 존재감이 빛났고 우월한 아름다움을 자랑했다.

전신에서 뿜어나오는 황금빛 광채가 신비감을 더하면서 리안이 이곳에 있다는 게 마치 현실이 아닌 것처럼 느껴졌다.

'영주님……'

귀족들 사이를 당당히 걸어가는 리안을 보고 있자니 알만은 울컥 눈물이 났다. 그가 손수건을 꺼내 외알 안경 밑으로 흘러내리는 눈물을 닦아냈다.

비단 그뿐이 아니었다. 마그와 매들린은 벌써 펑펑 울고 있었고, 오스왈트와 그룬버그는 입술을 깨물며 참는 모습이 역력했다.

웃고 있는 건 클로드와 스캇이 유일했다. 녀석들은 진작에 이렇게 될 줄 알았다는 듯 아주 의기양양했다.

"리안! 나 여기…… 흡!"

반가움에 목소리를 높이던 아사의 입이 누군가의 손에 강력히 제지되었다. 당연히 그 손의 주인은 라키아였고, 부릅뜬 눈으로 봐서 식이 끝나는 대로 아사를 제거할 기세였다.

'풉.'

못 말린다는 듯 리안은 웃고 말았다. 그의 시선이 발버둥치는 아사에게서 차이와 엘, 비앙카를 지나 알만을 비롯한 하인들, 마지막으로 어머니와 레지나에게로 옮겨갔다.

'세이프리드……'

그러자 저절로 그가 떠올랐다.

'그가 있었다면 더 좋았을 텐데.'

불가능한 일임에도 서운한 기분이 드는 건 아마 그만큼 그를 생각하는 마음이 크기 때문일 것이다.

모두가 참석한 이 자리가 온전히 기쁘지 않은 것을 보면, 어느새 그의 마음 한편에 세이프리드가 깊숙이 들어온 모양이었다.

연주가 멎었다.

리안은 어느덧 상석의 앞까지 가 있었다. 황제가 일어서자 크리스가 다가와 검을 건넸다. 리안은 자연스럽게 무릎을 꿇고 고개를 숙였다.

엄숙한 광경이 펼쳐졌다.

아무도 소리 내지 않았고 아무도 움직이지 않았다. 오로지 황제만이 검을 들어 절차를 행했다.

다들 숨을 죽이고 그 모습을 지켜보았다. 그때만은 아사도 진정하고 차분히 리안을 바라보았다.

"칼리스타 백작은 고개를 들라."

마침내 모든 행위가 끝이 나고 황제가 입을 열었다.

"제국을 위해 애쓴 그대의 공로는 지금 이 자리에서 다 읊기도 힘들 만큼 많다. 짐을 살리고 제국을 구한 그대에게 어떠한 선물을 주어도 아깝지가 않을 것이다."

황제가 잠시 좌중을 둘러봤다.

"그렇기에 나 라테스 크로멜 카터 삼세가 명하노라. 앞서 공표했듯이 그대를 공작으로 승작함은 물론, 그에 대한 부상으로 황실에서 몰수했던 전 맥카시 공작의 재산을 모두 하사하겠노라!"

가히 파격이 아닐 수 없었다. 황제의 어마어마한 선포에 홀 안의 귀족들이 전부 경악했다.

제국에서 가장 부자를 꼽자면 열이면 열 모두 전 맥카시 공작과 리안을 꼽는다.

그런데 몰수한 한쪽의 자산을 리안에게 넘긴다니. 이것은 하나에서 둘이 된 것이 아니라 셋, 다섯, 나아가 열이 된 것이나 마찬가지였다.

리안의 현재 재력에 맥카시 가문의 재산이 더해진다면 당분간 아니, 향후 수백 년간은 칼리스타 가문의 아성을 무너뜨릴 수 있는 자는 없다고 봐야 했다.

"오늘부로 그대는 칼리스타 공작이다."

새로운 기둥의 탄생을 알리는 말이었다. 멈췄던 악단의 연주가 다시금 연주되며 진정한 파티의 시작을 알렸다.

그러나 아무도 노래하고 춤추지 못했다.
황제의 발표는 그만큼 그들에게 충격적이었다.

제4화

가면무도회

 리안의 작위식 다음 날. 아름다운 루비 궁전에서 가면무도회가 열렸다.
 한 해를 잘 마무리하자는 뜻으로 매년 이맘때가 되면 황실에서 개최하던 것인데, 이번은 특별히 리안의 승작과 황제의 환궁을 기념하며 전보다 더욱 성대하게 치러졌다.
 화려한 복색과 다양한 가면으로 한껏 치장한 귀족들이 경쾌한 왈츠에 맞춰 열심히 몸을 움직였다.
 "칼리스타 공작님, 안녕하세요."
 주인공이라는 이유로 자리도 뜨지 못하고 사람들에게 둘러싸여 있던 리안의 귀에 반가운 음성이 들린 것은 파티가 무르익어갈 즘이었다.

"레베카 양!"

가면이 얼굴의 반 이상을 가리고 있었지만 리안은 한눈에 상대를 알아보았다.

샛노란 금발, 짙푸른 눈동자, 우아한 미소. 사교계의 여왕이라는 이름에 걸맞게 그녀의 아름다움은 달랑 가면 하나로 감출 수 있는 수준이 아니었다.

"이런, 어떻게 알아보신 거죠?"

"저도 똑같이 묻고 싶습니다만."

리안도 가면을 쓰고 있기란 마찬가지였다. 그가 되묻자 레베카가 샛눈을 뜨며 뾰로통하니 말했다.

"지금 저 놀리시는 거죠?"

"눈치채셨습니까?"

"당연하죠! 그렇게 온몸에서 빛을 발산하고 계시는데, 어느 누가 몰라뵐 수 있겠어요. 미리 경고해 드리자면, 공작 전하께선 단단히 포위되셨습니다."

"안 그래도 이 빛 때문에 죽겠습니다."

가면을 쓰면 뭐 하나. 8서클 각성 후, 몸에서 새어나오는 빛 때문에 리안은 어딜 가도 눈에 띌 수밖에 없었다.

"따뜻한 기운이 느껴져서 전 좋은데요? 공작 전하와도 무척 잘 어울리고요."

"진심이십니까?"

"그럼요. 특별하고 멋져 보이세요."

"감사한 말씀이네요. 친구 녀석은 제가 옆에 가면 덥다고 하던데. 지금이 겨울이어서 다행이지, 여름이 벌써부터 걱정되고 있습니다."

"공작 전하께는 그런 친구분만 있는 게 아니랍니다. 여기 더위를 잘 타지 않는 친구도 있다는 걸 명심하세요."

한쪽 눈을 찡긋거리는 모습이 더할 나위 없이 매력적이었다.

주변의 여인들이 그녀가 리안에게 추파를 던진다며 수군거렸지만, 정작 리안은 그녀에게서 사심을 느낄 수 없었다.

그녀는 본인의 말처럼 리안을 온전히 친구로서만 대하고 있었다.

"더위를 잘 타지 않는 그 친구분에게 고맙다는 말을 다시 한 번 하고 싶군요. 어머니와 하인들을 지켜주어서 정말 감사했습니다."

"그건 전에도 하신 말씀이세요."

"아무리 해도 부족합니다."

"외람되지만 공작 전하 때문에 한 일이 아닌걸요. 그분들은 제게도 친구 같은 분들이세요."

"압니다. 그 점이 제가 레베카 양을 좋아하는 이유죠."

리안이 웃자 레베카도 미소로 화답했다.

"누가 들으면 오해하겠습니다. 다음엔 '친구로서'라는 말을 꼭 붙여주시길 부탁드려요."

"하하, 알겠습니다."

한쪽이 혼인첩을 보냈고 다른 한쪽이 그 혼인첩을 거절했다. 귀족들이 알고 있는 리안과 레베카는 조금 전까지만 해도 딱 그런 사이였다.

하지만 둘을 보라.

혼인첩은 거부당했지만, 기류는 뭔가 심상치 않다.

리안과 레베카를 중심으로 사람들이 술렁이기 시작했다.

다정히 오가는 눈빛이 예사롭지 않다는 둥, 이러다 두 공작가가 결합하는 게 아니냐는 둥 온갖 추측들이 난무하며 금세 파티장을 어수선하게 만들었다.

타운젠드 공작이 있었다면 대로하였겠지만, 다행히 그는 아픈 몸을 핑계로 참석하지 않았다.

"뭐야, 갑자기 분위기가 왜 이래?"

리안과 멀찌감치 떨어진 곳에서 술과 음식을 축내고 있던 라키아가 이상함에 머리를 들었다.

평소 파티라면 질색하던 그가 늦은 시각까지 홀에 남은 이유는 비앙카 때문이었다. 가면무도회를 끝까지 즐기고 싶다는 동생의 말에 별생각 없이 덜컥 약속을 했던 것이다.

후회했지만 이미 늦은 뒤였다. 약속을 했으니 지키기는 해야겠고, 그러자니 마음은 안 놓이고.

해서 현재 그는 리안의 축하를 빙자한 감시 중이었다.

"음, 알았어."

수하의 보고에 엘이 자못 심각한 얼굴로 고개를 끄덕였다.

"뭐래?"

"그게…… 공작님과 레베카 양이 결혼을 할 거라는데요?"

"무슨 헛소리야? 어떤 미친놈이 그딴 소리를 해?"

"그러게 말입니다. 제 추측이지만, 두 분의 다정한 모습이 와전된 게 아닌가 싶습니다."

엘이 저길 보라는 듯 손으로 전방을 가리켰다. 과연 그녀의 짐작대로 멀리 다정스레 이야기를 나누고 있는 리안과 레베카가 보였다.

"뭐 눈에는 뭐만 보인다고 하더니만."

레베카의 기지가 아니었다면 비앙카를 잃을 수도 있었다. 그녀가 리안의 짝으로 어울리지 않다는 생각에는 여전히 변함이 없지만, 공작의 외손녀도 좋은 친구가 될 수 있다는 게 지금의 라키아였다.

"아무튼, 한심한 족속들이야."

"뭐엉? 낵아 하심하다공!"

라키아가 답이 없다며 고개를 가로젓는데 눈앞에 불쑥 아사가 나타났다. 녀석이 벌겋게 달아오른 얼굴로 라키아를 노려보았다.

"가면은 어디다 버린 거야?"

"다답해성 버섰다아! 왜앵!"

"혀 돌아간 걸 보니 또 진탕 퍼마셨군."

"그랭! 마셨다항! 낭 뭐 술 마시명 앙 대냥!"

첫 잔이 목구멍으로 넘어가는 순간 녀석의 고삐는 풀린다고 봐야 했다.

술만 마시면 늘 그렇듯 아사가 비틀거리며 서 있기 신공을 발휘했다. 볼 때마다 느끼는 거지만 바닥에 쓰러지지 않는 게 참으로 신통했다.

"에나벨."

멀쩡할 때도 말이 안 통하는 녀석이다. 라키아가 알아서 하라는 듯 엘에게 턱짓했다.

"아사 님, 일단 여기 물 좀 드세요."

차가운 물을 건네며 그녀가 아사를 부축했다. 그러나 평소 엘의 말이라면 잘 듣는 편이었던 아사가 싫다며 그녀의 손을 내쳤다.

"돼써엉, 필요 업써어!"

"너무 취하셨습니다. 이러다 쓰러지시면 어쩌시려고 그래요."

"낵아 왜에에!"

갑자기 녀석이 버럭 화를 냈다.

"내가 이겼거등!"

"네? 이기다니요?"

"낵아 이겼다고오오옵!"

휘청이는 아사를 겨우겨우 의자에 앉혔다.

"야, 되다 만 고양이. 너 누구랑 술내기 했냐?"

라키아의 물음에 아사가 헤실거리며 대꾸했다.

"으히, 어! 긍데 내과아 이겨써엉!"

"누구랑 마셨는데?"

"새방."

"뭐?"

"새바앙~."

"에나벨, 얘 뭐라는 거야?"

엘이 모르겠다며 어깨를 으쓱이는데, 아사가 배시시 웃으며 어딘가를 바라보았다.

"새바아앙!"

그 시선을 따라가던 라키아와 엘의 눈이 동시에 커졌다. 상대가 너무 의외였던 탓이다.

"헐! 쟤도 왔었어?"

"네, 공작님께서 허락하셨습니다."

켄이었다. 녀석이 아사처럼 이리저리 비틀거려가며 그

들을 향해 걸어오고 있었다.

"쯧쯧, 되다 만 것들끼리 아주 잘들 논다!"

"후작님을 모셔와야겠습니다."

아직 말을 섞기 전이지만 엘은 차이가 필요하다 판단했다. 그녀의 한마디에 근처에서 대기 중이던 그녀의 수하가 서둘러 홀을 빠져나갔다.

"호올, 이겡 눅우야~? 새바알이자놔아!"

좀 전까지 같이 신 나게 마셔놓고선 마치 처음 봤다는 듯 아사가 소리쳤다.

놀라운 건 켄의 반응이었다. 내내 바닥을 향해 있던 녀석의 시선이 위로 올라오더니 이제껏 보지 못한 환한 미소를 지었다.

"헤에에, 그래애! 나 새발이다아아!"

"얼씨구?"

새발의 '새' 자만 꺼내도 질색하던 녀석이 술이 들어가자 아주 딴판이 되었다. 싫은 기색은커녕 외려 좋아하는 듯한 켄의 모습에 라키아는 어이가 없었다.

"넌 눅우?"

그런 라키아가 거슬렸는지 켄이 고개를 번쩍 쳐들었다. 녀석의 새빨간 눈동자가 두어 차례 세게 깜박였다.

"술 처먹더니 이젠 사람 얼굴도 못 알아 보냐?"

"에?"

고개를 갸웃하는 게 정말로 모르는 눈치였다. 라키아는 체념했다.

"에효, 내가 너한테 뭘 바라겠냐. 멍청한 놈들 보고 괜히 새대가리라고 하겠어? 다 이유가 있는 거지."

'흑.'

엘은 살짝 긴장했다. 술에 취한 켄이 라키아의 말에 화가 나서 난동이라도 부리면 낭패였기 때문이다.

"으응?"

다행히 켄은 별다른 반응을 보이지 않았다. 라키아가 누구인지 기억해 내는 것에 온 신경이 가 있어 듣지 못한 것 같기도 했다.

"근데 너 가면은 왜 쓴 거냐?"

"엉?"

"어차피 넌 얼굴에 문신도 있잖아. 게다가 발 때문에 사람들이 금방 너인 걸 알아볼 텐데, 뭐 하러 썼어?"

"나를 알아?"

"그럼 모르겠냐?"

눈을 동그랗게 뜨며 묻는 게 웃기다 못해 어처구니가 없었다.

"술 약한 건 되다 만 것들의 전통인가 보군. 고양이나 새나 답이 없다, 답이 없어."

"그 답 꼭 찾아야 하는 거야?"

어느 틈엔가 리안이 그들 옆에 와 있었다. 상냥한 리안의 목소리에 아사의 몸이 번개처럼 돌아갔다.

"리아아아아앙!"

녀석이 리안에게 달려가 덥석 안겼다. 그리곤 가슴팍에 볼을 마구 비벼가며 어리광을 부렸다.

"보고 시펐엉! 이제 볼일 다 본 거양?"

"응, 대충. 며칠 더 사람들 만나고 해야겠지만 이젠 거의 다 끝났어."

"와아아아! 그럼 이제 징짜 온천에 갈 수 있겠다!"

"그래, 가야지."

약속도 약속이지만, 아사의 기대를 저버릴 수 없었다. 리안이 곧 시간을 내겠단 말로 아사를 기쁘게 했다.

"참참, 나 새바리 둥징도 보여준댔다?"

"둥징?"

"엉, 둔지!"

알아듣지 못하는 리안에게 엘이 다가와 속삭였다.

"둥지라고 하시는 것 같습니다."

"둥지요?"

둥지라면 조인족인 켄의 보금자리를 뜻한다. 놀란 리안이 아사에게 재차 물었다.

"아사, 네가 켄 님의 둥지에 가기로 했다고?"

"어엉! 나중에 나 데꼬 간댔엉!"

"켄 님이 정말 그랬다고?"

"그렇다니깐! 리안도 같이 갈래?"

"저도 함께 갈 수 있을까요?"

리안이 답하기도 전이다. 보라색 가면을 쓴 은발의 사내가 허락 없이 그들 사이로 끼어들었다.

"빨간 눈!"

사내를 제일 먼저 알아본 건 아사였다. 체향에 민감한 묘인족답게 녀석이 술에 취한 와중에도 용케 센을 기억해 냈다.

"헤헷. 빨강 눈이 둘이넹?"

센과 켄. 가면 위로 드러난 그들의 붉은색 눈동자가 유난히 도드라져 보였다.

"엘 양, 반가워요?"

환대해준 아사에게 가볍게 손을 흔들어준 뒤, 센이 엘을 향해 능글맞은 웃음을 날렸다.

"내 말이 맞았죠? 우린 보통 인연이 아니라서 금방 다시 마주칠 거라고 했잖아요. 그간 못 본 사이에 몸매가 더욱 훌륭해졌습니다!"

그는 전혀 달라진 것이 없었다. 첫 만남에서 그랬듯 이번에도 대놓고 엘의 전신을 훑어내렸다.

"그 눈깔 치우시지?"

센의 등장과 함께 분위기가 묘하게 가라앉았다. 라키아

의 서늘한 음성까지 더해지자 주위가 금세 냉랭해졌다.

"누구?"

"날 몰라?"

라키아의 입꼬리가 히죽 말려 올라갔다.

"이래도?"

그가 가면을 벗어던지자 여인들이 꺅 비명을 질렀다. 물론 그러거나 말거나 라키아는 신경도 안 썼다.

"아! 로드리게즈 백작님이셨군요. 처음 뵙겠습니다. 저는……."

"내가 알 필요가 있는 사람인가?"

"……!"

능청스레 대꾸하던 센의 몸이 일순 굳어지는 게 느껴졌다.

"훗."

그러던 그가 돌연 피식 웃었다.

"과연 듣던 대로시네요. 카리스마가 아주 넘치십니다. 아마도 8월 태생이신 거 같은데, 맞습니까?"

'끙.'

'또 시작인가.'

리안과 엘이 약속이라도 한 듯 동시에 눈을 감았다. 그들의 예상대로라면 별자리에 관한 장황한 설명이 이어질 것이었다.

"갑자기 무슨 개소리야?"

당연히 그에 관해 금시초문인 라키아는 센의 이상한 질문에 미간을 찡그렸다.

"별자리에 대해 말씀드리는 겁니다. 생일이 8월 아니신가요?"

"맞아, 맞아! 8월 15일인가 그럴걸?"

아사였다. 리안의 품에 안겨 있던 아사가 어느새 센의 옆에 바싹 붙어 있었다.

"역시 그렇군요. 사자자리일 줄 알았습니다."

"사자자리는 어떤데? 얘기해 봐봐."

"야, 되다 만 고양이! 너 가만히 안 있어?"

라키아가 경고했지만 아사에게는 들리지 않았다. 좀 전까지만 해도 취기 가득했던 녀석의 호박색 눈동자가 초롱초롱하게 빛났다.

"사자자리의 특성은 어머니의 뱃속에 있을 때부터 강한 자신감을 지니고 있다는 겁니다. 그들은 스스로가 축복받은 존재라는 것을 알고 있지요. 자기 자신을 신뢰하며, 그 믿음을 발판삼아 인생에서 큰 성취를 이룰 수가 있습니다. 원하는 바가 무엇이든 간에 말이죠."

"와아, 엄청 좋은데?"

"그뿐이 아닙니다. 가치가 있다고 믿는 일이라면 성공을 거둘 때까지 밀어붙이는 근성까지 갖추고 있습니다.

양자리에 버금가는 행운을 타고난 별자리가 바로 사자자리이지요."

"리안이 그 행운 때문에 흰머리 자식을 구해준 건가? 쳇, 나랑 너무 비슷하잖아!"

아사의 별자리는 정기적인 행운이 찾아온다는 양자리였다. 사자자리인 라키아가 자신처럼 행운을 타고났다고 하자 괜히 기분이 별로였다.

"한 가지 조언을 해드리자면, 자신감과 거만함은 다릅니다. 자신감이 넘쳐서 거만함이 된 경우를 자주 봐왔지요. 목표하는 바를 이루시려거든 그 둘의 차이를 확실하게 아셔야만 할 겁니다."

"다 끝났나?"

라키아는 기가 찼다.

사자자리니 뭐니 떠드는 것도 우스운 마당에 조언이라니.

"당신 나랑 싸우자는 거지?"

"라키!"

"날 언제 봤다고 조언질이야? 나랑 붙고 싶어서 몸뚱이가 근질근질거리나? 그렇다면 내가 친히 상대해줄 수 있는데 말이야."

가로막는 리안을 옆으로 밀치며 라키아가 한 발 걸어나갔다. 그런 그에게선 실제로 살기가 흘러나왔다.

"흰머리, 너 바보냐? 빨간 눈이 언제 싸우자고 했어, 별자리 얘기해줬지! 그리고 아직 안 끝났거든? 새발! 얼른 이리 와 봐!"

순식간에 벌어진 일이었다. 아사가 어디서 그런 용기가 나왔는지 라키아를 떠밀고는 그 자리에 켄을 세웠다(라키아가 날뛸 것을 염려한 리안이 급히 다가가 그의 팔을 붙들었다).

"새발, 넌 생일이 언제야?"

"생일?"

가면 속 켄의 얼굴이 찌푸려졌다.

"그래, 넌 별자리 안 궁금해? 생일 말해봐."

"3월 6일."

별자리가 무엇인지는 모르겠지만 일단 켄은 생일을 공개했다.

"빨간 눈, 3월 6일이면 무슨 자리야?"

"물고기자리입니다."

시선은 라키아를 향한 채 센이 대답했다.

"엇! 물고기자리라는 것도 있어? 이름 예쁘다!"

새로운 별자리 소식에 아사가 신이 나서 외쳤다.

"야, 새발! 넌 물고기자리래. 나도 3월이 생일인데 너랑 다르게 양자리다? 신기하지? 이게 날짜대로 다 다른 건가 봐."

"내가 왜 물고기야? 난 독수리거든?"

"독수리? 빨간 눈, 독수리자리라는 것도 있어?"

당황한 아사가 센에게 묻자 그가 고개를 저으며 설명했다.

"별자리 중 독수리자리라는 게 있긴 하지만, 점성술에 쓰이지는 않습니다. 3월 6일에 태어나셨다면 물고기자리가 맞습니다."

"난 물고기 아니라고."

"네, 물고기가 아니라 물고기자리요."

"아, 진짜 나 물고기 아니라니깐! 몇 번을 말해! 난 독수리라고, 독수리!"

억울하다는 듯 켄이 빽 소리를 지르자, 주위에 있던 몇몇 사람들이 황급히 귀를 막으며 자리를 피했다. 다행히 유리컵이 깨진다거나 하는 사태까지는 번지지 않았다.

"넌 독수리가 물에서 헤엄치는 거 봤어? 엉?"

"죄송하지만 독수리자리는 십이궁에 포함되지 않습니다."

"왜! 왜 포함이 안 되는데?"

이야기가 이상한 방향으로 흘러갔다. 물고기자리라는 말에 분노한 켄이 센에게 얼굴을 들이밀며 집요하게 따져 물었다.

"그건 만든 사람한테 물어봐야 할 것 같은데요."

집요한 걸로 치자면 센도 어디 가서 빠지는 편은 아니었다. 술도 취했겠다. 그냥 그러려니 하며 넘길 수 있는 것을 센이 끝까지 꼬박꼬박 대꾸하며 켄의 성질을 건드렸다.

"너, 너……!"

결국 켄이 화를 이기지 못하고 폭발하려는 순간!

"켄."

일행이 기다리고 기다렸던 그가 나타났다.

"말꼬랑지네?"

엘의 수하가 쉬고 있던 차이를 데려온 것이다. 그가 오자마자 리안에게 인사를 하고는 무서운 눈으로 친구를 바라봤다.

"차이이이이!"

그것도 모르고 켄이 헤벌쭉해서는 차이에게 총총 뛰어갔다. 코를 찌르는 술 냄새에 차이가 낯을 찌푸렸다.

"술을 얼마나 마신 거야?"

"헤에, 나도 몰라. 다섯 잔인가? 여섯 잔인가? 하나, 두울……."

갑자기 켄이 손을 들어 숫자를 세기 시작했다.

"알았으니까 그만."

까닥 잘못하다간 날이 샐 때까지 녀석의 숫자 놀이를 지켜봐야 했다. 평소라면 그냥 두고 볼 수 있었지만, 이곳은 황궁이었다. 차이가 급히 켄을 저지하며 부러 화제를 돌렸다.

"둥지는 어때? 부모님은 여전하신가?"

"우리 엄마 아빠? 당연히 그대로지! 아들이 오랜만에 둥지에 갔는데 관심은커녕, 두 분이서 닭살만 부리더라니까? 완전 짜증 났었어!"

켄의 부모님은 조인국에서도 금실이 좋기로 유명한 부부였다.

그것이 나쁘다고는 생각하지 않지만, 켄은 가끔 싫어질 때가 있었다.

"아, 이번에 아버지가 어머니를 위해서 노래를 한 곡 만드셨는데 꽤 괜찮더라! 차이, 너도 한번 들어볼래?"

"지금 말고……."

차이의 말소리가 묻혔다. 대답할 틈조차 주지 않고 켄이 바로 노래를 시작한 것이다. 청아한 켄의 음색이 파티홀에 서서히 울려 퍼졌다.

당신은 기적을 믿나요.
난 믿게 되었어요.
당신을 만나고 깨달았어요.
당신이 내게 기적이라는 걸.
당신을 향한 내 마음은 갈수록 커져만 가요.

매일 난 그대만 생각하죠.
하루 종일 당신만 떠올리죠.
당신이 없으면 난 아무것도 아니에요.
당신이 있기에 내가 살 수 있어요.
영원토록 내 곁에 있어주세요.
내가 더 잘할게요.
당신에게도 내가 기적이 될 수 있도록.

사람들이 하나둘 넋이 나갔다.
시끄럽게 떠들 때는 그렇게 듣기 싫던 목소리가 노래를 하자 마치 천상의 소리처럼 들려왔다. 모두가 태어나 이렇게 고운 소리는 처음이라며 입을 모아 감탄했다.
매일 되다 만 놈이라고 비아냥거리던 라키아도 이때만큼은 인정하지 않을 수 없었다.
조인족의 노래에는 치유와 안정의 힘이 있다고 하더니 정말로 한순간에 마음이 편안해졌다. 그간 녀석을 놀려댔던 것이 부끄러울 정도로 아름다운 멜로디였다.
리안은 아예 눈을 감고 노래를 감상했다. 어느덧 친구를 향한 차이의 입가에는 미소가 감돌았고, 아사는 엘을 잡고 춤을 추기 시작했다.
녀석과 별자리를 가지고 설전을 벌이던 센까지 모두가 켄의 목소리에 흠뻑 빠져들었다.

* * *

"무슨 소리죠?"

테라스에 나와 밤바람을 쐬고 있던 이벨라가 이상함을 느끼고 뒤를 돌아보았다.

"소리?"

글렌이 고개를 갸웃하며 그녀를 따라 몸을 돌렸다.

"네, 누가 노래를 부르는 것 같아요."

귀를 기울여야만 들을 수 있을 정도로 아주 작은 소리였다.

잠시 청력에 집중하던 글렌이 술잔을 내려놓고 테라스의 문으로 걸어갔다.

달칵.

밖에 아무도 없는 것을 확인한 그가 잠겨 있던 문고리를 풀었다.

"제 말이 맞죠?"

아름다운 노랫소리가 문을 열자마자 안에서 흘러나왔다. 소리가 크지는 않았지만 듣는 이의 마음을 단박에 사로잡을 만큼 대단한 미성이었다.

"파티장에서 나는 것 같군."

"그리고 보니 웅성거림도 사라졌어요. 다들 노래를 듣

고 있나 봐요."

그들이 있는 곳은 파티장과는 조금 떨어진 장소였다. 남들의 시선을 피하려고 하다 보니 어느새 여기까지 와 있었다.

"누구일까요?"

이벨라는 문득 궁금해졌다. 어떤 사람이기에 이토록 간절한 사랑의 노래를 부르는 것인지 파티장으로 가 얼굴이라도 보고 싶었다.

"글쎄."

가사를 음미하던 글렌의 입가에 희미한 미소가 번졌다. 내용이 마치 자신의 이야기 같았기 때문이다.

온종일 아무것도 하지 못하고 그녀만 떠올리는 것.

요즘 글렌의 모습이었다.

아마 그녀는 모를 것이다.

지금과 같은 순간을 자신이 얼마나 고대하였는지. 또 이런 시간을 마련하기 위해서 자신이 어떠한 노력을 하였는지도.

다른 이들에게는 아무것도 아닌 이 일이 그들에게는 왜 이렇게나 어렵고 힘든 것인지. 글렌은 행복하면서도 조금은 답답했다.

"들어가 볼까요?"

한 줌의 아쉬움도 없는 음성이었다. 다른 때였다면 흔

쾌히 받아들였을 텐데, 노래 때문이었을까?

글렌은 자신도 모르게 불쑥 내뱉었다.

"내가 싫다고 하면 계속 있을 건가?"

"글렌……?"

켄의 노래에 흠뻑 젖어 있던 벨라가 그제야 눈을 들어 글렌을 쳐다봤다. 차가운 말투가 그답지 않게 느껴졌다.

"혹시 당신 화난 거예요?"

"화?"

걱정이 서린 그녀의 물음에 글렌은 픽 웃었다.

"맞아, 정확히 말하자면 서운한 거지."

"서운하다고요?"

"그래, 당신에게 말이야."

글렌이 두 걸음 만에 그녀의 앞에 가 섰다. 그의 긴 손가락이 그녀의 옆선을 부드럽게 훑었다.

"나와 함께 있는 이 시간이 당신에게는 소중하지 않은 건가?"

"……!"

"당신과 있으면 난 시간이 가는 게 아쉬워서 미칠 것 같거든."

"글렌, 우린……."

"알아. 안 된다는 거."

글렌의 눈동자에 서글픈 빛이 떠올랐다.

"너무 늦었지. 이전으로 돌아가기엔."

라테스를 낳기 전까지 이벨라는 늘 기도했었다. 다음 날 아침 눈을 떴을 때 모든 것이 원래대로 되돌아가 있게 해달라고.

현실이 전부 꿈이고, 글렌을 처음 만났던 그 시간으로 돌아가 있기를 간절히 바랐었다.

그리고 이십여 년이 흐른 지금, 그때의 자신과 똑같은 눈빛을 그가 짓고 있었다.

"글렌, 날 봐요."

그의 흐려진 시선이 이벨라를 응시했다.

"이미 알고 있겠지만, 당신에 대한 내 마음 달라지지 않았어요. 이 변하지 않는 마음 때문에 폐하께도 상처를 주었지요."

"벨라……."

"들어보세요."

이벨라가 고개를 저으며 말을 이었다.

"하지만 난 황태후예요. 황제의 어머니라고요."

어머니란 단어를 입에 담는 순간 이벨라의 표정이 바뀌었다. 여자는 약하지만, 어머니는 강하다는 말을 글렌은 새삼 떠올렸다.

"어린 나이에 보위에 오른 라테스는 그저 이름만 황제였어요. 무능한 어미였던 저는 아무 힘도 보탤 수가 없었죠. 하지만 지금은 결혼해서 아이도 생겼고, 지지하는 세력도 커졌어요. 이제야 황제다운 황제가 된 것이죠. 난 그런 라테스의 앞길을 망칠 수 없어요."

"나야말로 든든한 조력자가 될 수 있다는 걸 잊은 모양이군."

"당신이 그래 준다면 감사할 거예요. 진심이에요. 하지만……."

"당신은 넘보지 마라?"

글렌은 일부러 장난스럽게 대꾸했다. 그녀가 어떤 대답을 할지 이미 알고 있었기 때문이다.

"우리 같은 사람들에게 스캔들이 얼마나 무서운지 당신이 더 잘 알잖아요. 나 때문에 라테스를 귀족들의 입방아에 오르내리게 할 수는 없어요."

"내 힘을 너무 과소평가하지 마."

"얼마 동안은 막을 수 있겠죠. 하지만 영원한 비밀 같은 건 없어요."

"이십 년을 넘게 당신에 대한 마음을 숨기고 살았어. 감추는 건 자신 있다고."

"그건 도박이나 마찬가지예요. 라테스의 미래를 그런 불확실한 가정으로 위험에 빠뜨릴 순 없어요."

"당신은 난 안중에도 없군."

상처 입은 듯한 그의 모습에 이벨라가 움찔하며 말했

다.

"······난 당신의 혼사도 망치고 싶지 않아요."

"아직 소식 못 들었군."

글렌의 안색이 어두워졌다.

"쉐르단 가문과는 정리했어."

아스완이 몸져누웠다는 연락을 받았지만, 글렌은 모질게 마음을 굳혔다. 앞으로는 어떤 누구와도 정략적으로 얽힐 생각이 없었다.

"좋은 아이 같았는데······."

"그녀는 당신이 아니니까."

이벨라의 가슴에 소용돌이가 쳤다. 예전이나 지금이나 그의 앞에서는 몸과 마음이 생각대로 움직여 주질 않았다.

결심이 흔들리기 전에 그녀는 다시 한 번 분명하게 매듭을 지었다.

"어쨌든 내 의사는 그래요. 당신이 알아들었으면 좋겠어요."

"······친구도 안 되는 건가?"

"친구 사이엔 이런 스킨십 하지 않아요."

이벨라의 뺨을 어루만지던 글렌의 손길이 뚝 멈추었다. 그의 눈에 원망이 차오르는 게 보였다. 하지만 이내 체념하며 그가 천천히 그녀의 얼굴을 살폈다.

이마, 눈썹, 코, 눈, 입, 턱.

차례대로 더듬던 그의 시선이 다시 위로 올라와 그녀를 마주했다.

"약속하지. 다음부터는 꼭 친구로서만 대하겠다고."

"글렌, 일부러 그……!"

"대신 오늘까지만."

그가 이벨라의 말을 잘랐다. 그의 손이 이벨라의 허리를 감았다.

"오늘까지만 나의 벨라로 있어줘."

글렌의 입술이 내려왔고, 잠시 머뭇거리던 이벨라도 결국 눈을 감았다. 내일이 오지 않기를 바라면서.

제5화

소풍

새벽부터 부엌이 부산하게 돌아갔다. 본래 하루의 시작이 가장 빠른 곳이긴 하지만 오늘은 조금 특별한 이유가 있었다.

"비앙카! 나 반죽 다 했어!"

"네, 아사 님! 잠시만요!"

마지막 고깃덩어리가 비앙카의 야무진 칼질에 얇게 저며졌다.

부글부글 끓는 냄비 속으로 썰어두었던 채소와 고기를 차례대로 투하한 후 그녀가 아사에게 부탁한 쿠키의 반죽을 보러 갔다.

"꺄악!"

하지만 채 가까이 가기도 전 비앙카의 입에서 비명이 터졌다. 그녀가 부들부들 떨며 아사에게 외쳤다.

"아사 님, 이게 다 무슨 일이에요!"

"응? 뭐가?"

"부엌이 온통 밀가루 천지잖아요! 어머나, 이걸 어떡해! 버터랑 달걀까지 다 못 쓰게 됐잖아. 으앙, 난 몰라!"

그녀가 울상을 지으며 바닥에 떨어진 달걀 껍데기와 버터 조각을 주워 올렸다.

"난 비앙카가 하라는 대로 한 것뿐이야."

"그런데 얼굴이 그렇게 되셨어요?"

"내 얼굴이 왜?"

성난 비앙카의 음성에 아사가 몸을 움츠리며 뺨으로 손을 가져갔다.

"반죽하시던 손으로 얼굴을 만지시면 어떡해요. 밀가루가 다 묻었잖아요."

"아, 정말?"

전혀 몰랐다는 듯 천진하게 물어오는 아사를 보고 있자니 비앙카는 생애 처음으로 복장이 터졌다.

"제가 얌전히 손만 휘저으라고 했어요, 안 했어요?"

"……했지."

"그런데 부엌이 이 꼴이 된 거예요? 그 짧은 시간에?"

"난 정말 비앙카가 하라는 대로만 했는데……. 힘 조절이 잘 안 돼서 그렇지 뭐……."

풀죽은 아사의 대답에 비앙카는 그냥 자신을 탓하기로 했다. 애초에 시킨 것 자체가 실수였다. 아사가 도와주겠다고 했을 때 거절하지 못한 것이 천추의 한이었다.

"죄송해요, 아사 님."

화를 내던 비앙카가 갑자기 사과하자 아사의 눈이 휘둥그레졌다.

"사실 제가 요리를 잘 못 하는 편이라서 부엌에만 오면 까칠해져요. 진도 그걸 알아서 저랑은 요리를 같이 안 하려고 하죠."

"그런데 도시락은 왜 싸겠다고 한 거야? 난 비앙카가 요리를 잘해서 그런 줄 알았어."

"오빠에게 해주고 싶었거든요."

"흰머리한테?"

"네, 아직 오빠한테 한 번도 음식을 해준 적이 없어서요."

어려서부터 대식가였던 오빠 때문에 어머니는 많은 시간을 주방에서 보내시고는 하셨다. 모자란 실력이지만 비앙카는 그런 엄마를 대신하고 싶었던 것이다.

그동안 기회가 없어 실행하지 못했을 뿐, 항상 품어오던 생각이었다.

"흰머리는 좋겠다. 비앙카 같은 여동생도 있고."

"말씀드렸잖아요. 요리에 재능 없다고."

"맛이 없으면 어때, 여동생이 해준 건데! 난 여동생이 만들어준 거면 뭐든 다 먹겠다!"

"진심이세요?"

"당근이지! 이럴 게 아니라 묘인국에 돌아가면 아버지께 새장가라도 가시라고 해야겠어. 헤에, 여동생이 생기면 얼마나 귀여울까? 생각만으로도 신 난다!"

"감사해요, 아사 님."

"에? 뭐가?"

사과만큼이나 갑작스러운 인사였다.

아사가 묻자 비앙카가 본래의 상냥한 얼굴로 돌아가 설명했다.

"오빠에게 해주는 첫 요리이다 보니 제가 긴장을 좀 했던 것 같아요. 괜히 도시락을 싸겠다고 나선 건 아닌지 후회가 막 되더라고요."

"그랬어? 난 몰랐네."

"그치만 이젠 괜찮아요. 아사 님 덕분에 많이 안정되었거든요. 제가 무례하게 굴었는데도 좋은 말씀 해주셔서 감사드려요. 아사 님을 위해서라도 오늘 꼭 맛있는 요리 만들게요!"

"좋아! 나도 맛있게 먹어 줄게!"

비록 부엌은 엉망진창이 되었지만, 분위기는 화기애애했다.

비앙카가 씩씩하게 바구니를 집어 들었다.

"저는 그럼 반죽을 다시 해야 하니, 달걀이랑 버터 좀 가져올게요."

"아니야, 비앙카는 바쁘니까 내가 가져올게. 어디에 있는지 나 알아."

이렇게 된 이상 확실하게 도와야 했다. 아사가 비앙카의 손에서 바구니를 뺏어 들었다. 조금 불안하긴 했지만, 비앙카는 아사를 믿기로 했다.

"깨지지 않게 조심해서 담아오시고요, 다른 곳에 들르지 말고 이리로 곧장 오셔야 해요. 아셨죠?"

"나만 믿으라고!"

아사가 호기롭게 외치며 주방을 나섰다.

'응?'

그러던 그가 돌연 걸음을 멈추고 부엌으로 몸을 삐쭉 내밀었다.

"그런데 비앙카, 이게 무슨 냄새지?"

"네?"

눈을 동그랗게 뜨던 비앙카의 안색이 순간 하얗게 질렸다.

"으악! 케이크!"

반죽에 신경을 쓰느라 까맣게 잊고 있었다. 그녀가 헐레벌떡 장갑을 끼고는 화덕으로 급히 달려갔다.

"난 몰라! 어떡해! 어떡해!"

하얀 연기가 모락모락 새어나오고 있었다. 오늘 준비한 요리 중 가장 큰 공을 들인 케이크가 화덕 안에서 거멓게 타오르고 있었다.

난관은 그뿐만이 아니었다.

"비앙카, 수프가 끓어서 넘치는데?"

간신히 케이크를 꺼내 무사한 부분을 확인하던 비앙카가 다시 허겁지겁 냄비 쪽으로 뛰어갔다.

"엄마야! 이건 또 왜 이렇게 부풀어 오르는 거야!"

조금 전 고기와 채소를 넣을 때만 해도 이러지 않았다. 채소가 숨이 죽으면서 건더기의 양은 줄었지만, 어째선지 수프가 용암처럼 계속 끓어올랐다.

"비앙카가 이상한 거 넣은 거 아니야?"

"제가 그럴 리가 없잖아요. 전 소금이랑 후추밖에는 안 넣었어요."

"정말 소금이랑 후추 맞아? 먹어 보고 넣은 거야?"

"그런 건 아니지만…… 맞을걸요?"

말하다 보니 순간 자신이 없어졌다. 그녀가 찬장에서 소금과 후추를 다시 꺼내 맛을 보았다.

"윽!"

하얀 가루를 찍어 맛을 보던 비앙카의 표정이 일그러졌다. 그녀가 불안한 눈빛으로 아사를 바라봤다.
"소금이 아니야?"
끄덕.
그 순간 아사는 결심했다. 자신은 절대 도시락을 먹지 않겠다고.
만일 이곳에 아신이 있었다면 두고두고 칭찬을 들었을 만큼, 그것은 대단히 현명하고도 올바른 판단이었다.

* * *

이후로도 많은 고난(?)과 역경(?)이 있었지만, 비앙카는 어쨌든 도시락을 싸는 데 성공했다.
아침 식사도 거른 데다가 잠도 거의 자지 못해 몸은 이미 녹초가 되었지만, 오빠와 친구들을 위해서 도시락을 준비했다는 것에 그녀는 무척 뿌듯했다.
"늦어서 죄송해요!"
도시락 바구니를 손에 든 채 비앙카가 들뜬 얼굴로 집무실의 문을 열었다.
안에는 이미 오늘의 여행객들이 전부 모여 있었다. 그 중에는 비앙카가 처음 보는 인물도 있었는데, 그가 그녀를 보자마자 벌떡 일어나 다가왔다.

"가녀린 숙녀분께 이런 무거운 걸 들고 오게 하다니, 이곳엔 다들 몹쓸 남자들만 있나 보군요. 이리 주십시오. 제가 들겠습니다."

"누구신지……?"

오빠도 있는 자리이니 별걱정은 안 들지만, 낯선 남자의 친절이 비앙카는 조금 부담스러웠다. 남자가 한 걸음 뒤로 물러나며 정식으로 인사했다.

"제 소개를 안 했군요. 저는 세베루즈 혼 썸머 리즈완, 편하게 센이라고 불러주시면 됩니다."

"아, 리즈완 백작님이시군요. 처음 뵙겠습니다. 저는……."

"압니다. 말씀 안 하셔도. 벌써부터 뒤에서 무시무시한 눈빛이 느껴지는 게, 인사는 이쯤에서 마무리를 지어야 할 것 같군요."

센이 찡긋 윙크한 후 도시락 바구니를 들고 본래의 자리로 돌아갔다.

그가 움직이는 대로 오빠의 살벌한 눈초리가 따라가는 것으로 보아, 보웰 남작만큼이나 가까이하면 안 될 상대임을 비앙카는 직감했다.

'아무튼 너무 과보호라니까!'

물론 또래의 소녀가 모두 그러하듯 속으로 몰래 투덜거리는 것도 잊지 않았다.

"자, 비앙카 양까지 왔으니 이제 모두 다 온 건가요?"

일행은 리안을 포함해서 총 여덟이었다.

계획보다 인원이 다소 늘어났지만 상관없었다. 어차피 레어는 이들을 감당하기에 충분히 넓었고, 온천 또한 마찬가지였다.

"응, 리안! 더 올 사람 없으니까 빨리 가자!"

온천 여행을 위해 새 옷까지 장만한 아사였다. 녀석이 발을 동동거리며 출발을 재촉했다.

"레어까지는 워프 마법으로 이동할 겁니다. 안전한 착지를 위해서는 서로가 연결된 것이 좋으니, 모두 옆 사람과 손을 잡으세요."

"낯 간지럽게 사내놈들끼리 무슨 손을 잡아? 난 싫어!"

어째 좀 잠잠한가 싶었다. 다들 아무 말 없이(심지어 차이와 라키아까지) 리안의 말을 따르는데, 켄이 불쾌하다며 손잡기를 거부했다.

어처구니가 없어 모두 그냥 쳐다만 보는데, 리안이 묘수를 냈다.

"남자만 아니면 되는 거죠?"

"뭐?"

"마법진을 따로 그리지 않고 이동하는 것이기 때문에 반드시 손을 잡으셔야만 합니다. 그러지 않았다가는 외딴 곳에 홀로 떨어질 수도 있거든요."

"지금 나 겁주는 거야?"

"그게 아니라 만약을 대비해서 드리는 말씀입니다. 엘, 비앙카 양. 이쪽으로 와 주실래요?"

리안이 남자만 아니면 되느냐고 물었을 때부터 이미 둘은 눈치채고 있었다. 그녀들이 즉시 켄의 양옆으로 가 섰다.

"켄 님, 제 손잡으세요."

속전속결이었다. 다정한 비앙카의 음성에 켄은 저도 모르게 그녀와 손을 맞잡았다.

반대로 엘은 싫은 티를 팍팍 내가며 우악스럽게 켄의 손을 낚아챘다.

"자, 그럼 가겠습니다!"

켄이 미처 거절할 틈도 없이 워프 마법이 발동했고, 잠시 후 리안의 집무실에는 아무도 남아 있지 않았다.

* * *

"우아! 여기 끝내준다!"

리안이 일행을 제일 먼저 데려간 곳은 그가 레어에 첫발을 디뎠던 곳, 바로 치유홀이었다.

거대한 공간에 수만 가지의 보석이 박혀 있는 신비하고 성스러운 곳.

레어의 모든 것이 귀하고 놀라웠지만, 하나를 꼽자면 단연 여기만 한 곳이 없었다.

치유홀은 지금의 리안으로서도 감히 흉내 낼 수 없을 정도의 완벽한 마법으로 이루어진 장소였다. 이곳은 레어의 얼굴이자 상징이라 할 수 있었다.

"이것들이 전부 다 보석이란 말인가요?"

엘은 겨우겨우 입을 열어 물었다. 드래곤의 레어였다. 어느 정도 화려할 것이라 예상은 했지만, 이건 그녀의 상상을 훨씬 뛰어넘었다.

"네, 저도 이름은 잘 모르지만요."

보석 도감을 가져온다고 해도 찾지 못할 보석이 수두룩했다. 보석 판별에 나름의 조예가 있다고 자부하던 엘조차도 엄두가 나지 않을 만큼 각양각색의 보석들이 벽면은 물론 천장과 바닥에 즐비했다.

"근데, 리안. 나 여기 들어오니까 왠지 힘이 솟는 거 같아!"

"아, 저도요! 잠을 못 자서 되게 피곤했었는데, 갑자기 몸이 개운해졌어요."

리안은 일부러 홀의 이름을 밝히지 않았다. 그가 빙그레 웃으며 설명했다.

"여긴 치유홀이라는 곳입니다. 아사, 전에 내가 별장에서 말했던 거 기억해? 절벽에서 떨어지면서 생긴 상처들이 나도 모르게 치유가 되었다고."

"아, 생각난다! 그때 말한 곳이 여기구나!"

"응, 내게 아주 고마운 곳이지. 치유홀이 없었다면 아마 난 레어를 발견하고도 그냥 죽었을지 몰라."

다시 돌이켜봐도 꿈 같은 일이었다. 15년 전 과거로 돌아와 주인의 몸을 얻고 레어를 발견하다니.

요즘 들어 자주 하는 생각은 어째서 이러한 일이 자신에게 일어났느냐는 것이었다.

무엇 때문에 혹은 누구를 위해 아무도 믿지 못할 일이 자신에게 벌어진 것인지 리안은 언젠가 꼭 답을 찾고 싶었다.

"그러고 보니 아픈 사람들도 여기에 오면 다 낫겠네? 리안, 나중에 아버지랑 형이 아프거나 그러면 이리로 데려와 줄 수 있어?"

"물론이야. 내가 도울 수 있는 거라면 언제든지."

"저도 부탁해도 되나요?"

"비앙카 양이 아픈 걸 두고 보고 있을 라키가 아닐 텐데요."

"맞아. 비앙카가 말하기 전에 흰머리가 리안을 달달 볶아댈 거야."

"저도 그러실 거라는 데 한 표 던지겠습니다."

엘의 말에 라키아를 제외한 모두가 키득거렸다. 평소

같으면 쓸데없는 소리 그만 하라며 짜증을 낼 법도 한데, 오늘의 라키아는 조용하기만 했다.

"다 봤으면 이제 장소를 옮겨볼까요?"

리안이 다음으로 안내한 곳은 레어 안의 여러 장소 중에서도 가장 많은 시간을 보냈던 도서관이었다. 역시나 방대한 양의 책을 보고 모두가 처음에 말을 잃었다.

"이런 곳이 네 군데나 있다면 믿으시겠어요?"

"제국 아니, 대륙의 책이란 책은 여기 다 모아놓은 것 같습니다. 설마 이걸 다 읽으신 건 아니죠?"

"글쎄요."

리안의 묘한 대답에 한창 구경에 빠져 있던 이들이 일제히 리안을 돌아봤다. 언뜻 보기에도 어마어마한 양이었지만, 왠지 리안이라면 가능할 것도 같았기 때문이다.

리안의 사전에 불가능이란 없다.

언젠가부터 그들이 가지고 있는 공통된 생각이었다.

"농담입니다, 농담."

리안은 웃음이 났다. 장난을 좀 쳤는데 너무 진지하게 받아들이니 미안할 정도다.

"당연히 아직 다 읽지 못했습니다. 그러기엔 제가 시간이 부족해서요."

"그렇죠? 아무리 공작님이라도 그건 무리시죠?"

엘은 왠지 안심이 갔다. 다른 건 몰라도 이번 경우엔

소풍 145

리안이 정말 사람으로 느껴지지 않을 것 같아서다.

레어를 발견하고 불과 5년이 지났다. 그 안에 이곳의 책을 다 읽는다는 건 말도 안 되는 일이었다.

"네, 반의반도 못 읽었으니 안심하세요."

언젠가는 레어의 모든 책을 다 읽는 것이 리안이 세운 작은 목표였다. 지금도 그 목표에 다가서기 위해 착실히 노력 중이지만, 리안은 굳이 밝히지 않았다.

"이쪽으로 오세요."

책은 나중에라도 살펴볼 수 있었다. 리안은 일행이 지루하지 않도록 여러 곳을 탐방시켜 주었다.

각자 개성이 뚜렷한 그들답게 흥미를 보이는 것도 전부 달랐다.

라키아와 센은 소드 마스터란 이름에 걸맞게 마법 무기에 관심을 보였고, 비앙카와 엘은 화려한 보석과 장신구에서 눈을 떼지 못했다.

아사와 켄은 박제들이 가득한 방에서 한동안 나오지를 않아 일행을 기다리게 만들기도 했다.

그곳에는 책에서나 볼 수 있는 희귀한 생명체들이 많이 있었는데, 묘인족과 조인족을 포함한 모든 수인족들이 마치 살아 움직일 것 같은 최상의 상태로 진열되어 있었다.

"차이, 레어를 감상한 소감이 어때?"

차이는 블랙 드래곤 레켄스토를 모시던 가디언 가문의

후손이었다. 다른 일행들과는 그 느낌이 사뭇 다를 것이다.

실제로 그는 평소의 무관심하던 눈길이 아니었다. 레어를 살피는 눈빛 하나하나에 궁금함이 엿보였다.

"차이의 레어와는 많이 다른가?"

"둘 다 산속에 있다 보니 구조는 비슷합니다. 다만······."

"다만 뭐?"

차이가 실내를 빙 둘러보았다.

"여긴 좀 많이 번쩍거리네요."

"번쩍거린다고?"

"네, 아무래도 세이프리드 님께서 골드 드래곤이셨기 때문인 듯합니다."

"그럼 차이의 레어는 온통 검은색이야?"

"전부는 아니지만, 거의 그렇다고 볼 수 있지요."

가보진 않았지만, 왠지 그럴 거라 짐작은 했었다. 옷이며 장신구며 옷에 두르는 것 모두가 검정 빛깔인 차이였다. 다른 색은 어쩐지 그와 어울리지 않았다.

"리안, 그런데 온천은 언제 나와? 레어 구경도 좋지만 난 온천에 가고 싶단 말이야. 우리 그냥 온천 가면 안돼?"

레어 탐방이 지겨워졌는지 아샤가 징징거리며 보채기

시작했다.

"아직 못 본 곳이 많은데, 괜찮겠어?"

"나중에 천천히 보면 되니까. 그치, 그치?"

녀석이 간곡한 얼굴로 일행을 돌아보며 동의를 구했다.

그런 녀석이 불쌍했을까?

단 한 명의 반대도 없이 바로 온천행을 결정지었다.

* * *

온천은 레어에서 조금 떨어진 곳에 위치해 있었다. 아름다운 설경이 펼쳐진 곳에 김이 모락모락 피어오르는 뜨거운 온천수가 일행을 반갑게 맞았다.

"비앙카 아가씨와 저는 이쪽으로 가겠습니다. 아사 님, 넘어오기 없기예요."

옷을 입은 상태로는 온천을 제대로 즐길 수 없었다. 커다란 돌벽을 경계 삼아 한쪽을 남자들이, 다른 한쪽을 여자들이 사용하기로 했다.

"으하하! 리안, 여기 완전 좋다!"

따뜻한 온천물을 아사는 바다만큼이나 좋아했다. 리안은 녀석이 더 편하게 놀 수 있도록 미리 가져온 끈으로 머리를 묶어주었다.

"헤에, 고마워!"

뒤통수가 무거워졌지만 그래도 걸리적거리던 머리칼이 사라지자 아사는 더욱 신이 났다. 추운 겨울인데도 물놀이를 할 수 있다는 사실이 녀석을 흥분시켰다.

"으차차차차!"

아사가 물장구를 치자 사방으로 물방울이 튀었다. 피해 갔으면 참 좋았으련만, 그중 몇 개가 라키아의 얼굴에 뿌려졌다. 감겨 있던 라키아의 눈이 번쩍 떠졌다.

"되다 만 고양이, 너 얌전히 안 있을래?"

"흰머리, 갑자기 왜 시비야?"

아사가 어이없다는 듯 힐긋 돌아봤다.

"그걸 진정 몰라서 묻는 거냐?"

"내가 언제 알면서 묻는 거 봤어?"

분위기 파악 못 하고 아사가 또다시 물장구를 쳤다. 이번에도 어김없이 라키아를 향해 물방울이 튀었다.

"내가 가만히 좀 있으랬지!"

분노에 찬 라키아가 팔을 휘둘렀다. 그러자 잔잔하던 수면에 거친 물보라가 일더니 순식간에 아사를 덮쳤다.

"으아앗!"

피하기에는 이미 역부족이었다. 매서운 물벼락이 아사의 얼굴을 강타했다.

"너 흰머리, 이게 무슨 짓이야!"

"난 분명히 경고했다. 먼저 건드린 건 너라고."
"온천에서 내 맘대로 물놀이도 못하냐!"
"하려거든 남한테 피해를 주지 말아야지. 넌 그런 기본적인 것도 안 배웠냐?"
"그래! 안 배웠다! 어쩔래?"

물 따귀를 맞은 게 억울한지 아사가 씩씩거리며 라키아를 노려봤다.

"저기 닭털은 그나마 노래라도 잘 부르지, 대체 넌 잘하는 게 뭐냐?"
"라키!"

둘을 어떻게 말려야 하나 고심 중이던 리안이 당황한 목소리로 끼어들었다. 부디 못 들었기를 바랐는데 켄의 표정을 보니 아니었다.

"너 인간, 지금 뭐라고 했어?"

방금 전까지 뜨끈한 온천수의 매력에 푹 빠져 있던 켄이 새빨간 눈을 부라리며 라키아를 쳐다봤다. 조금의 망설임도 없이 라키아가 대꾸했다.

"닭털이라고 했는데?"
"뭐, 뭐얏!"

잔잔한 온천물에 파동이 일었다.

이제 막 새발에 적응(?) 중이던 켄에게 닭털은 예상치 못한 공격이었다.

"왜 그렇게 부르르 떨어? 새발보다는 닭털이 낫지 않아?"

"감히 날 닭 따위와 비교해놓고, 새발보다 낫지 않느냐고? 대 독수리 일족의 후계자인 날 무시해도 유분수지! 이제 더 이상은 못 참아!"

켄이 전의를 불태우며 벌떡 일어섰다. 당연히 라키아는 눈 하나 깜짝 안 했다.

"내 딴엔 칭찬한 건데, 뭘 그렇게 흥분해? 여기 되다만 고양이보다 닭털 네가 나은 것 같다니까?"

"라키, 그만해."

차라리 아사와 싸우는 것이 백번 나았다. 차이의 손님인 켄이 화낼 때마다 리안은 차이에게 미안해서 죽을 것 같았다(정작 차이는 명상이라도 하는 듯 줄곧 눈을 감은 채 말이 없었다).

"켄 님도 진정하세요. 라키아 경께서 말주변이 없어서 그렇지, 켄 님을 칭찬한 것이 맞습니다. 너무 화내시면 돌벽 건너의 숙녀분들께서 놀라세요."

리안을 대신해서 센이 켄을 달랬다. 어쩐 일인지 돌벽 얘기가 나오자 켄이 입술을 삐죽이며 금세 수그러들었다.

"내가 말주변이 있는지 없는지 당신이 뭘 안다고 지껄이는 거지?"

아사와 켄이 잠잠해진 것까지는 좋았다. 그런데 이번엔

라키아가 센의 말꼬리를 물고 늘어졌다.

"라키, 센 님은 그저 우리를 도와주시려······."

"센 님?"

라키아가 헛웃음을 터뜨렸다.

"대체 저자가 언제부터 센 님이 된 거냐? 둘이 그새 많이 친해진 모양이지?"

"라키, 오늘 이상하게 날카로운 것 같아. 전부터 물어보려고 했었는데, 요즘 무슨 일 있어?"

"나부터 묻자. 오늘 저자는 왜 데리고 온 거야?"

"내가 데려온 게 아니라······."

"제가 무작정 따라온 것입니다. 아침 일찍 뵙기를 청했는데 온천에 가신다기에 끼어달라고 했지요."

센이 중간에서 리안의 말을 가로챘다. 라키아는 그 점이 더 기분 나빴다.

"원래 그렇게 낄 자리 안 낄 자리 분간 못 하나?"

"네, 반했거든요."

"뭐?"

"제 평생 남자에게 반하긴 처음입니다. 그러니 좀 봐주십시오."

"당신도 정상은 아니군."

라키아가 어떤 말을 해도 켄은 생글생글 웃기만 했다.

같은 소드 마스터이고 작위 또한 동등한 백작이라고는

하나, 둘의 나이 차이는 무려 열두 살이었다. 하대를 해야 할 쪽은 라키아가 아니라 센이라는 뜻이다.

그러나 당당히 말을 놓고 있는 라키아나, 존대하고 있는 센이나 그런 것에는 상관없는 눈치였다. 그들은 이미 보통사람은 모르는 무엇인가로 자신들만의 싸움에 들어간 것 같았다.

"이쯤에서 관두지."

남자가 남자에게 반했다는 말을 스스럼없이 뱉을 정도로 정신이 나간 자였다. 흐리멍덩한 눈빛이 거슬렸지만, 라키아는 일단 참아보기로 했다(온천은 여러모로 싸움을 하기에 적합하지 않기도 했다).

"고백도 했겠다, 이참에 몇 가지 물어보고 싶은 게 있는데, 괜찮으시겠습니까?"

라키아가 날을 거두자 센이 본격적으로 리안을 파고들었다. 어느 정도 예상했던 바이기에 리안은 순순히 고개를 끄덕여 허락했다.

"먼저 그 빛 말입니다. 용언 마법을 계승하신 리안 님께서도 제어가 안 되는 것입니까? 아, 리안 님이라고 불러도 되겠지요?"

리안은 얼마 전 공식적으로 공작위를 하사받았다. 마땅히 공작 전하라 칭하는 것이 맞았지만, 센은 이름으로 부르길 원했다. 그편이 더 친근한 탓이다.

소풍 153

"좋을 대로 하십시오."

공작 전하란 호칭이 낯설기는 리안도 마찬가지였다. 리안이 승낙하자 센이 새하얀 치아를 드러내며 기뻐했다.

"감사합니다! 그럼 이제 빛에 대해 답변해 주십시오. 리안 님의 마법으로도 빛을 사라지게 할 수 없는 겁니까?"

"전부터 이 빛에 관심이 많으시군요. 전 백작님과 달리 주목받기를 좋아하는 편이 아닙니다."

에두른 표현이었다.

센이 용케 알아듣고 바로 다음 질문으로 넘어갔다.

"실례지만 공작 전하께서는 몇 서클의 마법사이시죠? 드래곤처럼 9서클의 전지전능한 마법까지 구현하실 수 있으십니까?"

"리즈완 백작께선 본인의 검술 실력을 남들에게 있는 그대로 보여주시나요?"

"아, 제가 실례를 범했군요. 죄송합니다."

검사라면 누구나 목숨이 위태로울 경우를 대비해서 마지막 한 수는 숨겨두는 법이었다. 그것은 마법사 또한 마찬가지였고, 당연히 리안도 본연의 실력을 전부 드러낼 생각이 없었다.

"사실 말씀을 해주셨더라도 잘 이해하지 못했을 겁니다. 8서클이든 9서클이든, 그 능력이 어느 정도인지 제가 어떻게 알겠습니까? 그냥 숫자만 기억했겠지요."

마법이 쇠퇴한 시대를 살아가는 모든 검사에게 해당되는 말이었다.

"확실한 건 광장에서의 그날, 리안 님께서 아주 멋지셨다는 겁니다. 제가 그때 반해버렸죠."

아직도 기억이 생생하다. 시민들을 보호하며 맥카시 공작에게 벼락을 내리꽂던 리안의 모습이. 셴은 그때 처음으로 타인에게 전율을 느꼈다.

"저, 그럼 다른 질문을 하겠습니다. 소문에 의하면 리안 님께서 거의 드래곤화되셨다고 하던데, 혹 수면기에도 드시게 됩니까?"

"글쎄요. 그건 저도 잘 모르겠습니다. 한 가지 말씀드릴 수 있는 건, 당장은 그럴 기미가 없다는 겁니다."

리안에게 수면기가 찾아온다면, 그것은 곧 황제의 약점이 될 수 있었다. 셴에게 말했듯이 아직 징조는 없지만, 만일 실제로 그런 일이 일어난다면 철저하게 숨겨야만 했다.

"수명은 어느 정도나 되십니까?"

그는 궁금한 것이 무척 많은 듯했다. 질문할 때만큼은 붉은색 눈동자가 영민하게 반짝였다.

"그 또한 지금은 알 수가 없습니다. 꼭 알아야겠다면 저보다 오래 사시기를 비는 수밖에요."

가디언이었던 차이의 할아버지가 오백 년을 사셨다고 하였다. 답을 회피했지만, 리안은 자신이 그보다는 훨씬 오래 살 것임을 예감했다.

"싫습니다, 전. 오래 살기."

"그건 왜죠?"

"제가 예민한 쌍둥이자리거든요. 차라리 먼저 죽으면 죽었지, 남들이 죽어가는 걸 보고 싶지는 않습니다. 괴롭지 않겠습니까?"

"……!"

순간 리안은 머리가 띵했다. 전혀 생각해 보지 않은 문제였기 때문이다.

가족과 친구들이 죽고 자신만 홀로 남는다.

그것을 상상하자 리안은 불현듯 모골이 송연해졌다.

'차이는 괜찮은 걸까?'

차이는 여전히 구석에 홀로 앉아 명상에 잠겨 있었다. 온천의 열기로 인해 드러난 그의 목과 가슴에 송골송골 땀이 맺혀 있었다.

그는 인간이지만 드래곤의 영향으로 이백 년 남짓을 살아가는 중이었다. 잘은 몰라도 많은 이들을 떠나보냈을 것이다.

그때마다 그는 어떤 심정이었을까?

한 번도 염두에 두지 못했기에 물어본 적도 없었다.

'아사는 묘인족이니, 어머니와 레지나보다는 오래 살 겠구나.'

리안이 어떤 심경인지 전혀 알지 못한 채 녀석은 켄과 한창 물놀이 중이었다.

'라키는 어떨까? 소드 마스터이니 내 곁에 좀 더 오래 머물 수 있을까?'

리안의 불안한 눈빛이 라키아에게로 향했다.

'라키?'

언제부터인지 모르나 라키아도 리안을 보고 있었다. 둘의 시선이 수증기와 함께 뒤엉켰다.

그는 리안만큼이나 복잡한 빛을 띠고 있었는데, 리안은 그때 깨달았다. 자신이 이제 막 자각한 것을 라키아는 전부터 생각하고 있었음을.

'라키, 그래서……!'

갑자기 줄어버린 식욕도, 이상할 정도로 까칠하게 군 것도 모두가 이 때문이었다. 그의 친구는 벌써부터 혼자 남을 자신을 염려하고 있었다.

"남자분들, 배 안 고프세요?"

리안과 라키아 사이에 혼잡한 기류가 오갈 때, 돌벽 너머에서 비앙카의 음성이 들려왔다.

"네, 나갑니다!"

갑작스런 분위기에 눈치만 보고 있던 센이 제일 먼저

대답하며 온천 밖으로 뛰어나갔다.

"다들 어서들 나오세요! 식사 준비 끝났어요!"

비앙카가 새벽부터 일어나서 준비한 도시락이었다. 진지한 이야기는 잠시 뒤로 미루기로 하고 리안도 결국 라키아와 함께 일어섰다.

"이야! 이거 정말 먹음직스러운데요?"

센의 은색 곱슬머리가 물기 때문인지 유난히 곱실거렸다. 그가 수건을 손에 든 채로 엘의 옆으로 와 앉았다.

"다른 곳에도 자리 많거든요?"

눈밭 위에 펼쳐진 돗자리는 일행 모두가 앉아도 충분할 정도로 넓었다. 그녀가 당장 떨어지라며 대놓고 센을 구박했다.

"예상은 했지만, 화장기 없는 모습도 정말 아름답군요. 그 아름다움을 차지하기 위해 오늘 엘 양의 옆자리는 아무에게도 넘겨줄 수 없습니다."

"쌍둥이자리는 처녀자리와 상극이라고 안 했던가요?"

"헤에, 그걸 기억하고 있었습니까?"

"기억력이 좀 남달라서요."

"제가 또 지적인 여성을 좋아하지요."

"아무리 좋아한들 상극인데 어쩌겠어요? 이제 그만 저쪽으로 가시죠?"

하나둘 빈자리들이 채워지고 있었다. 마음 같아선 확

발로 차버리고 싶었으나, 상대의 신분이 엘의 발목을 잡았다.

"아니요, 상극이라고 해서 꼭 이루어지지 말라는 법은 없습니다. 이성 간의 사랑이란 오히려 이럴 때 더욱 뜨겁게 불타오르곤 하지요!"

"저는 속을 알 수 없는 사람과는 절대 연애 같은 거 하지 않습니다."

"속을 알 수 없는 사람이 나인가요?"

"그럼 이쪽에 누가 더 있나요?"

막 자리에 앉는 아사에게 그림 같은 미소를 건네며 엘이 쏘아붙였다.

"흐음, 나 그런 사람 아닌데."

"자고로 속을 알 수 없는 상대일수록 비밀이 많고, 비밀이 많은 타입일수록 위험하다고 했습니다. 전 위험한 남자라면 질색하는 여자라서요."

한 번만 더 치근덕거리면 가만히 있지 않겠다는 말을 그녀는 지금 돌려서 말하는 중이었다. 일부러 질색이란 단어에 힘까지 주었으니 제발 알아들었기만을 바랄 뿐이다.

그녀가 비앙카를 도와 싸온 음식의 포장을 뜯었다.

"두 분 온천은 잘 즐기셨나요?"

자리에 앉는 리안의 차림새는 온천에 들어가기 전과 거

의 똑같았다. 마법으로 물기를 완벽하게 말린 탓이었다.

"네, 몸이 나른한 게 오늘 밤에 아주 푹 잘 수 있을 것 같아요."

"공작 전하 덕분에 오랜만에 호강했습니다."

"호강이라니요. 앞으로는 언제든 오실 수 있게 될 겁니다."

그동안 혼자 생각만 하던 것을 실현할 날이 다가오고 있었다. 어리둥절해하는 엘을 보며 리안은 설명 없이 그저 빙긋 웃었다.

"그나저나 뭐가 이렇게 많은가요? 괜히 저 때문에 비앙카 양께서 고생하신 건 아닌지 모르겠습니다."

"아니에요. 아사 님께서 많이 도와주신 걸요."

"아사가요?"

"네, 쿠키 반죽도 직접 하셨어요."

리안이 의아한 낯빛으로 아사를 바라봤다. 비앙카의 말이 사실이라면 녀석이 생색을 냈어도 진작에 냈어야 하기 때문이다.

"아사, 정말이야?"

"으응…… 난 뭐 비앙카가 하라는 대로 조금 했을 뿐이야……."

역시 이상했다.

시선을 피하는 거 하며, 말끝을 흐리는 게 어딘지 수상한 냄새가 물씬 풍겼다.

"겨울이라서 수프도 준비해 봤어요. 온천물에 담가두어서 아직 따뜻하답니다. 드셔 보세요."

비앙카가 손수 국자를 들어 냄비에서 수프를 옮겨 담았다.

"다른 분들 것도 퍼드릴게요."

멀리 앉아 있는 순서대로 수프를 나눠주었다.

"맛있게 잘 먹겠습니다!"

"잘 먹을게요, 비앙카 양."

"저도요, 아가씨."

센을 필두로 리안과 엘이 감사함을 전하며 그릇을 입으로 가져갔다. 그 모습을 아사가 조마조마한 눈으로 지켜보았고, 뒤이어서 차이와 켄, 그리고 라키아까지 수프를 먹는 데 합세했다.

두근두근.

아사의 심장박동이 빨라졌다.

"……!"

동시에 리안이 멈칫거리며 두 눈을 부릅떴다. 아닌 게 아니라, 수프의 맛이 뭔가 이상했다. 비린 것은 둘째치고, 설명하기 힘든 묘한 맛이 나는 게 계속 먹었다가는 탈이 날 것 같았다.

'어쩌지?'

소풍 161

리안이 그릇을 입에 댄 채로 주변을 살폈다.

'괜찮아?'

'너 설마 알고 있었어?'

걱정에 찬 아사의 눈빛과 제일 먼저 마주쳤다. 그리고 옆으로 시선을 돌리니 자신과 비슷한 상황에 처한 센과 엘을 볼 수 있었다.

그들도 리안처럼 차마 남은 수프를 삼키지 못하고 눈치만 살피는 중이었다.

"어때요? 먹을 만한가요?"

"맛있네."

과연 라키아였다.

다들 어찌할 바를 몰라서 비지땀만 흘릴 때, 그가 동생을 위해 한마디 했다. 놀랍게도 그는 그릇을 깨끗하게 비웠다.

"인간의 음식이란 이런 맛이구나."

의외인 건 켄이었다.

이게 무슨 수프냐며 난리 칠 거란 모두의 예상을 깨고 꽤 복스럽게 수프를 마셨다. 차이 또한 평소의 식사하던 모습과 별반 다르지 않았다.

진정 둘에게는 미각이라는 게 없는 것일까?

"오빠 정말 맛있어?"

라키아의 칭찬에 비앙카는 용기를 얻었다.

162 마법군주

"여기 케이크랑 쿠키도 먹어봐. 수프보다도 자신 있는 것들이야."

"그래, 우선 한 그릇 더 먹고."

비앙카에게는 미안하지만 수프는 정말 인간이 먹을 수 있는 수준의 맛이 아니었다. 그러한 것을 대식가이자 미식가라 자부하는 라키아가 두 그릇이나 먹겠다고 한다.

그것은 곧 여기 있는 모두가 군말 없이 수프 그릇을 비워야 한다는 뜻과 같았다.

"아, 난 갑자기 배가 아프네. 잠깐만."

위험을 감지한 아사가 먼저 선수를 쳤다. 녀석이 복통을 핑계 삼아 숲으로 사라졌다.

리안도 따라가고 싶은 마음이 굴뚝같았지만, 라키아의 서늘한 눈빛 앞에서 굴복할 수밖에 없었다.

'젠장.'

리안은 눈을 질끈 감고 남은 수프를 목구멍으로 넘겼다. 케이크와 쿠키에 손을 대기가 점점 더 두려워졌다.

제6화

마법사들의 대이동

"영주님, 클로드입니다."

"어, 들어와!"

클로드가 집무실 문을 열었을 때, 리안은 기쁨의 환호성이라도 내지를 뻔했다.

"휴, 살았다. 클로드, 고마워!"

리안의 환대에 영문을 몰라 클로드가 눈만 깜박이는데, 거울 앞에 서 있던 알만이 긴 한숨을 내쉬었다.

"알만, 날 찾는 사람이 있다면 놓아주겠다고 분명히 약속했지?"

"제가 왜 그런 약속을 하였는지 후회하는 중입니다."

알만이 주섬주섬 옷들을 챙기며 자신의 실책을 반성했다.

"웬 옷들입니까?"

집무실과는 어울리지 않게 소파 위에 여러 벌의 옷들이 늘어져 있었다. 언뜻 보기에도 최상급의 옷감으로 제작된 그 옷들은 모두가 요즘 황도에서 유행하는 디자인이었다.

"알만이 아침부터 저걸 다 입어보라며 난리잖아. 클로드 아니었으면 꼼짝없이 잡혀서 인형이 될 뻔했다니까."

"영주님! 영주님께선 이제 변방의 그냥 그런 영주가 아니십니다. 공작 전하가 되셨다고요! 가벼운 실내복 하나라도 그 위상에 걸맞게 입으셔야만 합니다!"

"또 그 소리. 난 지금 옷으로도 충분하다고 몇 번을 말해, 알만. 내가 홀딱 벗고 다니지 않는 이상 아무도 나한테 뭐라고 할 사람 없다니까?"

"앞에선 그러겠지만, 뒤에서는 아닙니다. 대부분의 귀족들이 얼마나 옷차림을 중히 여기는지 영주님께서 더 잘 아시지 않으십니까?"

"물론 그건 나도 알아. 하지만 난……."

"마님께서 특별히 부탁하신 일입니다. 저도 같은 생각이고요. 잠시 후에 다시 오겠습니다."

알만의 고집이 대단했다. 평소와 달리 단호한 어투하며 꽉 다문 입술이 이번만큼은 절대 양보할 수 없다는 어떤 의지가 느껴졌다.

"알았어, 알만 마음대로 해."

이럴 땐 그냥 져 주는 것이 속 편했다. 리안이 항복하자 문을 열고 나서던 알만의 입가에 그제야 웃음꽃이 피웠다.

"요즘 알만 집사님께서 부쩍 젊어지신 것 같습니다."

"클로드도 그렇게 느껴?"

"네, 영주님께서 공작님이 되신 게 정말 기쁘신 모양이에요."

"클로드는 아닌가 보지?"

리안이 눈을 샐쭉하게 뜨자 클로드가 기겁하며 두 손을 휘저었다.

"예엣? 그럴 리가요! 작위식 때 영주님을 보면서 제가 얼마나 뿌듯했다고요! 마그 아줌마나 매들린처럼 울지는 않았지만, 진심입니다!"

"쿡쿡, 장난이었어. 클로드 마음이야 내가 잘 알지. 진정하고 여기 앉아."

가볍게 던진 농담을 너무 진지하게 받아들이니 리안은 괜히 미안해졌다.

안 그래도 근래 휴가도 못 주고 일만 잔뜩 시키고 있는데, 조만간 보너스라도 넉넉히 챙겨줘야겠다는 생각이 들었다.

"성에서 자는 건 오랜만이지? 불편하지는 않았어?"

어젯밤 둘은 바우시에서 워프 게이트를 타고 본성으로 넘어왔다. 오전 내로 볼일을 마치고 서둘러 돌아가야 하는 짧은 여정이었다.

"제게는 여기가 집인걸요. 편하게 잘 잤습니다."

"그렇다면 다행이고. 고백은?"

"예?"

"왜, 전에 고백도 못 했다며 후회했었잖아. 그 상대가 여기에 있는 거 아니었어? 누구야?"

리안의 갑작스러운 질문에 클로드의 얼굴이 홍당무처럼 변했다. 녀석이 시선을 내리깔며 더듬더듬 말했다.

"그, 그건 말씀드리기 곤란합니다. 제 사생활을 존중해 주십시오."

아무리 영주라고 해도 그것만은 밝힐 수 없었다. 가장 친한 친구인 스캇에게조차 밝히지 않은 그만의 비밀이었다.

'이럴 때 보면 정말 순진하다니까.'

금전 문제에 관해서는 머리가 비상하게 돌아가는 녀석이 이런 쪽으로는 단순한 스캇보다도 못하다는 게 참으로 아이러니였다.

"그래, 알았어. 본인이 싫다는데 굳이 밝히라는 건 예의가 아니지."

어차피 엘을 통해 물어보면 금방 알 수 있는 사실이었다.

두고 보기만 했다가는 고백도 못 하고 끝날 게 틀림없다. 리안은 친구를 위해 기꺼이 사랑의 작대기가 돼주기로 결심했다.

"근데 아침부터 무슨 일이야? 벌써 돌아가야 할 일이라도 생긴 거야?"

"아니요, 밤사이 아이디어가 하나 떠올라서 말씀드리려고 왔습니다."

"아이디어?"

"네!"

일 얘기가 나오자 클로드의 표정이 금세 자신감으로 넘쳤다.

리안은 피식 웃으며 얘기를 허락했다.

"뱅크가 창설된 지도 어느덧 2년이 넘게 흘렀습니다. 맥카시 전 공작의 만행 때문에 중간에 잠시 문제가 있었지만, 칼리스타 뱅크는 명실공히 제국에서 제일가는 뱅크가 되었지요. 해서 그것을 기념하는 뜻에서 새로이 연금 복권을 출시할까 합니다."

"연금 복권?"

생소한 단어에 리안이 고개를 갸웃하자 클로드가 설명했다.

"기존의 복권은 당첨자에게 일확천금을 안겨다 주었습니다. 가난에 허덕이던 서민들을 더 이상 돈 걱정 없이 살 수 있도록 해주었지요. 하지만 아닌 자들도 있었습니다."

리안도 알고 있다.

부자가 돼서 잘살게 된 사람이 있는 반면, 갑자기 불어난 돈을 감당하지 못해서 아깝게 날린 자도 있고, 사기꾼에게 속아 당첨금을 몽땅 잃은 이도 있었다. 가장 최악은 흥청망청 돈 쓰는 재미에 빠져 결국엔 없던 빚까지 떠안은 경우였다.

"그래서 제가 생각한 게 당첨금을 나누어서 지급하는 것입니다. 매달 직장에서 월급을 타듯이 말이죠."

"오! 그거 기발한 아이디어인데?"

"한꺼번에 돈을 날릴 일도 없고, 공짜로 생활비도 생기는 것이니 서민들의 생활이 훨씬 안정될 겁니다."

"맞아, 가정의 생계를 책임지고 있는 가장들이라면 다들 관심을 가질 거야."

"액수도 액수지만, 지급 기간을 얼마로 할지가 관건입니다. 너무 짧아서도 안 되고, 너무 길어서도 안 될 거 같거든요. 또 만일 당첨자가 사망할 시엔 어떻게 되는지, 판매 전에 확실히 언급해야 합니다."

역시나 이미 구체적인 계획까지 짜여 있었다. 뱅크 업

무에 관해서는 클로드가 자신보다 한 수 위라는 걸 리안은 또 한 번 인정했다.

"좋아! 클로드가 알아서 추진해 봐. 어떤 지원이든 아끼지 않을게."

"감사합니다, 영주님!"

"설리번 뱅크 인수 건으로 정신없을 텐데 이런 생각까지 하다니, 클로드 정말 대단하니까!"

"제가 무슨요. 아닙니다. 영주님 아니었으면 허드렛일이나 하면서 살고 있었을 텐데요. 모두가 영주님 덕분입니다."

리안의 칭찬이 내심 뿌듯했지만, 클로드는 자만하지 않았다.

자신을 믿고 일을 맡겨주었기에 여기까지 온 것이다. 그는 진정으로 리안을 존경하며 또한 그에게 감사하고 있었다.

"클로드가 훌륭한 인재라는 걸 내가 알아본 거지. 앞으로도 잘 부탁해!"

"네! 더 열심히 일하겠습니다!"

똑똑.

클로드와의 용무가 막 끝날 무렵, 집무실에 새로운 손님이 찾아왔다.

"엘!"

힘없이 들어서는 엘을 보며 리안이 깜짝 놀라 자리에서 일어났다. 하루 사이에 마치 다른 사람이 된 듯 그녀의 얼굴이 말이 아니었다.

"설마 어제 먹은 것 때문에 아직도 속이 안 좋은 건가요?"

리안은 우선 그녀에게 회복 마법부터 걸어주었다. 소파에 기댄 그녀의 볼에 서서히 핏기가 돌아오더니 이내 표정이 한결 편안해졌다.

"잠들기 전까지만 해도 괜찮았는데, 일어나니 배가 또 아프더라고요. 어제 그냥 참고 먹는 게 아니었어요."

후회해 봤자 이미 지난 일이었다. 엘이 다시는 기억하기도 싫다는 듯 부르르 몸을 떨었다.

"그런데 제가 어제 바우시로 떠나기 전에 회복 마법을 걸어주지 않았었나요?"

"네, 그러셨죠. 아마 그러지 않으셨으면 전 제대로 잠도 못 잤을 겁니다."

치료 마법으로도 한 번에 완치가 안 되었다는 건 그만큼 음식의 독성이 강하다는 걸 의미했다.

'대체 비앙카 양은 음식에 뭘 넣은 거지? 아니, 그보다 다른 사람들은 괜찮은 건가?'

그녀의 요리를 먹은 건 리안과 엘뿐만이 아니었다. 특히나 라키아는 일행 전부가 먹은 걸 합친 것보다도 많은

양을 혼자서 해치웠다.

그의 엄청난 소화력을 익히 잘 알고는 있지만 리안은 걱정하지 않을 수 없었다.

'황도에 도착하는 대로 라키아부터 만나야겠어.'

"뭘 드셨기에……?"

아픈 엘의 모습을 클로드는 처음 보았다. 가녀린 체구의 여인이지만 그녀가 웬만한 남자 못지않은 체력과 담력을 지녔다는 걸 클로드는 알고 있었다.

"그냥 좀 음식을 잘못 먹었습니다."

엘은 차마 비앙카의 이름을 입에 담을 수가 없었다. 결과가 어찌 되었든 모두를 위해서 비앙카가 준비한 것이었다. 앞으로 그녀의 요리를 먹지만 않으면 되는 거다.

"부디 몸조리 잘하십시오."

자세한 말을 피하는 엘에게 더 묻지 않고 클로드가 그만 자리를 비켰다.

"아직 컨디션이 좋지 않은 것 같은데, 침실로 가서 더 쉬는 게 낫지 않겠어요?"

하루의 일과를 엘의 보고로 시작한 지도 벌써 꽤 되었다. 리안은 일정을 생략하고 그녀에게 휴식을 권했다.

"아닙니다. 회복 마법 덕분에 몸은 이제 괜찮습니다."

"몸은 그래도 기분은 아니지 않습니까. 모처럼 만에 푹 쉬도록 하세요."

"보고드릴 게 많아서 그럴 수 없습니다. 다시 몸이 안 좋은 느낌이 들면 말씀드릴 테니, 그때 회복 마법이나 다시 걸어주십시오."

리안의 대답을 기다리지도 않고 그녀가 가져온 서류를 펼쳤다.

"먼저 타운젠드 공작에 관한 겁니다. 저희 측 예상대로 타운젠드 공작이 고용했던 추적자와 체이서들이 후작님 곁에서 완전히 사라졌습니다. 초반에 잠시 움직임이 잡히긴 했으나 결국 공작이 철수 명령을 내린 듯합니다."

"차이의 진정한 정체를 알았으니 이젠 그럴 필요가 없었겠죠. 공작은 여전히 두문불출인가요?"

"네, 귀족들의 발길도 전부 끊겼습니다."

친인척을 빼고는 타운젠드 공작의 성 주변을 아무도 얼씬거리지 않았다.

"그간 나태했던 귀족들에게 폐하께서 징계를 내리셨습니다. 대다수가 가벼운 처사로 끝났지만, 황실의 위엄을 체감하였을 겁니다. 그런 시국에 공작을 방문한다는 건 어지간한 배짱으로는 어렵지요. 이럴 때 그들을 잘 구슬려야 합니다."

"그 점은 폐하께서 잘 인지해 처리하고 계시니 염려 놓으셔도 될 것 같습니다. 공작님의 존재가 적지 않은 영향을 끼쳤겠지만, 폐하의 수완도 보통은 넘으십니다."

그건 리안도 옆에서 보았기에 잘 알았다. 황제는 타고난 정치가였다.

"이건 일전에 알아보라고 지시하셨던 것들입니다."

엘이 서류 더미에서 종이 한 장을 꺼내 리안에게 주었다.

"꽤 많네요?"

"네, 저도 놀랐습니다. 어려운 형편에서도 남을 돕는 사람들이 있다는 게 대단한 한편, 반성을 하게 되더군요. 저도 이 기회에 작게나마 후원에 참여해 볼까 합니다."

포부를 밝히는 그녀의 얼굴에서 따뜻한 기운이 흘러넘쳤다.

"지금 이 자체로도 그들을 돕고 계신 겁니다. 꼭 금전적인 것만이 후원의 전부는 아니니까요. 그래도 나중에 기부하실 뜻이 있다면 꼭 저의 재단을 찾아주시길 부탁합니다."

농담 섞인 진담을 그녀에게 건네며 리안이 다시 종이를 살폈다.

"그런데 정원을 보니 전부 소규모로 운영되고 있군요. 이들이 우리의 제의를 받아들이겠습니까?"

"남을 도우며 행복을 느끼는 사람들입니다. 더 큰 도움이 되는 일이니 아마 승낙할 겁니다."

"재단을 꾸려 나가려면 그들이 절대적으로 필요합니

다. 엘이 알아서 잘하겠지만 각별히 신경을 써주세요."

"염려 마십시오. 공작님께서 이 후원 사업에 얼마나 큰 의의를 두고 계신지 잘 압니다. 아카데미를 비롯한 다른 사업들 모두 정상화가 되었으니, 당분간은 재단 일에만 전념토록 하겠습니다."

리안이 오래전부터 염원하던 것이었다. 후원 사업이 성공적으로 이뤄진다면 제국의 보다 많은 사람들이 웃을 수 있었다. 엘은 걱정하지 말라며 리안을 안심시켰다.

"그럼 이제 보고는 모두 마친 건가요?"

마지막으로 그녀에게 부탁하고 싶은 게 있었다. 리안이 그것을 말하려는데 엘이 고개를 내저었다.

"아니요, 가장 중요한 것이 남았습니다."

그녀가 서류 더미의 맨 아래에서 종이 한 장을 더 꺼냈다.

"여기 통계를 보십시오."

종이에는 도표가 그려져 있었고, 그 안에 글자와 숫자가 나란히 적혀 있었다.

"점점 더 많은 인구가 라모스시로 몰려들고 있습니다. 라모스시가 아무리 잘 건설된 도시라고 하지만, 이대로 가다가는 식수 부족을 면치 못할 겁니다. 치안의 부재는 물론이고, 넘치는 쓰레기 때문에 전염병이 발생할지도 모릅니다."

리안의 커밍아웃이 가져온 가장 큰 문제는 대륙 전역에서 사람들이 너나 할 것 없이 리안의 도시로 몰려든다는 것이었다.

개방적인 성향을 띤, 관광에 특화된 도시답게 처음에는 별문제 없이 그들을 받아들였지만, 이제는 거의 포화 상태에 다다라 있었다.

"일단 물은 되도록 아껴쓰라고 시에 포고령을 내리세요. 상점들의 위생 상태는 관리들이 직접 방문하여 철저하게 검사하도록 하시고요. 치안 문제는 제가 폐하께 말씀드려 병사들을 차출해보도록 하겠습니다."

"일시적인 효과는 있겠지만 저는 나중이 걱정스럽습니다. 당장은 식수가 부족하지만, 시간이 지나면 잠잘 곳은 물론 먹을 것과 입을 것도 모자라게 될 겁니다. 시에서 생산하는 것으로는 한계가 있으니까요."

"그건 염려 마십시오. 제 동료들이 해결할 겁니다."

리안의 뜬금없는 말에 엘의 눈이 함지박처럼 커졌다.

"동료라니요? 공작님께 제가 모르는 동료분이 계셨습니까?"

"이 도표 속에 제 동료가 꽤 많았을 텐데, 체크하지 못하신 겁니까?"

잠시 멍해 있던 엘이 뒤늦게 탄성을 질렀다.

"……아!"

리안이 도표의 숫자를 손가락으로 찍으며 말했다.

"네. 라모스시로 유입되는 사람들 중 마법사들이 대거 포함되어 있을 겁니다. 제국민들은 세상에 황실 마법사만이 있는 줄 알겠지만, 대륙에는 그보다 더 많은 마법사들이 존재합니다. 물론 실력은 천차만별이겠죠. 전 그들의 도움을 받을 생각입니다."

"어떤 도움을 받으시겠다는 건지 저는 통 이해가 안 갑니다. 더욱이 몇몇을 빼고는 실력이 좋지 못한 자들이 대부분일 텐데, 과연 도움이 되겠습니까?"

"조금만 다듬으면 충분히 가능할 겁니다."

"이거 오래전부터 구상하고 계셨던 일이죠?"

막힘없이 또박또박 대답하는 리안을 엘이 의심스러운 눈초리로 쳐다봤다.

"미리 말 안 했다고 삐치신 겁니까?"

엘이 잠시 망설이는 듯하더니 이내 눈빛을 풀었다.

"아니요! 저도 뭐 전부 말씀드리는 건 아니니까요."

"그건 뒤끝 있는 발언인데요?"

"저 뒤끝 있는 거 모르셨어요?"

분명 진지한 대화를 나누던 중이었는데, 어쩌다가 얘기가 장난으로 번졌다. 리안과 엘이 한참을 소리 내어 웃었다.

"개인적으로 하나 알아봐 주실 게 있습니다."

"의뢰비는 넉넉히 주실 거죠?"

"알아만 오신다면 특급 수당까지 챙겨드리겠습니다."

리안의 의뢰는 클로드의 짝사랑 상대를 알아봐 달라는 것이었다. 그러자 이런 것쯤이야 일도 아니라면서 엘이 며칠만 기다리라고 호언장담을 했다.

"그럼 전 이만 폐하를 뵈러 가봐야겠습니다. 엘도 황도로 갈 거죠?"

"네, 오늘도 잘 부탁드립니다."

알만이 문밖에서 기다리고 있다는 사실을 까맣게 잊은 채 리안이 조용히 워프 마법을 시전했다.

* * *

"폐하, 칼리스타 공작 전하께서 오셨습니다."

리안이 시종장의 안내를 받아 간 곳은 황제의 집무실이었다. 황후와 함께 오붓한 시간을 보내고 있던 황제가 기쁜 얼굴로 리안을 맞았다.

"처남, 어서 오게나."

"오빠!"

레지나가 반가워하며 발딱 일어나 리안에게 안겼다.

"몸도 무거울 텐데 앉아 있지, 왜 일어나."

걱정하는 리안에게 레지나가 고개를 저으며 말했다.

"며칠 전에 새로운 찻잎이 들어왔거든. 오빠 오면 타주려고 벼르고 있었어."

그러고 보니 탁자 위가 깨끗했다.

"여태 날 기다리고 있었던 거야?"

"그럼 내가 이 시간에 왜 여기 있겠어? 잠깐만 있어봐. 금방 타올게!"

레지나가 싱긋 웃고는 리안이 들어온 곳과는 다른 문으로 후다닥 사라졌다.

"자네가 오니 황후가 아이처럼 좋아하는군. 바쁜 건 아네만, 가끔이라도 시간 좀 내주면 안 되겠나?"

"외람되오나 폐하, 신의 잦은 입궁은 폐하께 누가 될 수도 있습니다."

"누라니? 무엇이 말인가?"

"맥카시 전 공작의 재산 처리 문제로 말들이 많사옵니다. 당장은 드러내놓고 불만을 표출하고 있지는 않지만 언젠가는 터질 겁니다. 괜한 꼬투리를 만들고 싶지 않습니다."

황실이 몰수한 맥카시 가문의 재산 규모는 가히 엄청났다. 그 전부를 의회와는 아무 상의 없이 리안에게 하사한 황제의 처사에 여러 뒷말들이 나오고 있었다.

"말들이라고 하면, 혹 내가 잘난 처남만 믿고 국정을 함부로 한다는 그 말 말인가? 아니면 내가 처남이 조종하는 꼭두각시 인형이 되었다는 그 말 말인가? 둘 중에 어떤 것이지?"

"폐하! 감히 어느 누가 그런 망발을 입에 담는단 말입니까? 폐하께서 인형이라니요! 저는 단 한 번도……!"

"꼭 틀린 말은 아니니까 진정하고 거기 앉게."

격분하는 리안을 황제가 억지로 의자에 앉혔다.

"나 같은 사람에겐 늘 따라다니는 것이 있네. 앞에서는 온갖 아첨과 아양으로 날 칭송하고, 뒤에 가서는 쑥덕거리며 욕하는 무리들이 바로 그것이지. 참으로 비겁한 족속들이지만, 이따금 그들도 맞는 소리를 할 때가 있다네."

"폐하……."

"끝까지 듣게나. 솔직히 내가 처남이 아니었으면 어떻게 이 자리를 지킬 수 있었겠는가? 처남이 있기에 맥카시 공작을 처단할 수 있었고, 또 처남을 믿기에 나의 정치를 펼칠 수 있게 된 것이네. 단! 저들의 말처럼 멋대로가 아니라, 명예롭고 현명하게 처신하려고 노력 중이지. 막말로 황제는 든든한 백 좀 있으면 안 되는 건가? 난 지금이 굉장히 편하고 좋은 것 같은데 말이야."

강렬하게 빛나던 황제의 눈빛에 장난기가 어렸다. 하지만 그 눈빛에서 리안은 황제가 답을 바라고 있음을 알았다.

"예, 폐하. 앞으로도 쭉 폐하의 든든한 버팀목이 되겠습니다."

"알아들었으면 눈치 보지 말게. 불필요한 자들의 말에 휘둘려서 나를 멀리하지도 말고. 또다시 날 서운하게 하면 황후에게 확 이르는 수가 있네."

"네? 이르다니요? 폐하, 무슨 말씀인가요?"

황제의 협박에 리안이 웃음을 지을 때, 레지나가 시녀 둘과 함께 돌아왔다. 그녀들의 손에는 각기 먹음직스러운 케이크와 티 세트가 들려 있었다.

"황후가 언제 오나 목이 빠지게 기다리고 있었소. 이것이 이번에 새로 왔다는 찻잎이오?"

"네, 폐하. 향이 정말 좋지요?"

라테스가 화제를 돌리자 레지나가 자신의 질문은 싹 잊은 채 찻잔에 홍차를 따랐다.

"황후의 차는 언제나 향이 좋았소."

"아이참, 이건 좀 더 특별하다니까요. 오빠는 어때? 부드러운 게 괜찮지?"

"음, 글쎄. 전에 마시던 것과 뭐가 다른지는 잘 모르겠는데."

"그래? 그럼 맛을 봐봐. 확실히 알 수 있을 거야."

기대에 부푼 레지나를 사이에 두고 리안과 라테스가 차를 한 모금씩 들이켰다.

"어때, 깊으면서도 우아한 맛이 느껴지지 않아?"

초롱초롱한 눈망울의 레지나를 차마 실망하게 하고 싶지 않았으나, 리안이나 황제나 우아한 맛이라는 게 당최 무엇인지 알 수가 없었다.

신은 그들에게 맛이 있고 없고를 구분할 능력밖에는 주지 않았던 것이다.

그러나 홑몸이 아닌 레지나를 위해서 둘은 사실과는 다른 말을 내뱉었다.

"어어, 좋다. 깊은 맛이 괜찮네."

"황후 덕분에 내가 차의 세계의 눈을 뜬 것 같소. 이제껏 마신 홍차 중 오늘이 제일이오!"

"그렇죠? 어렵게 수소문해서 구한 귀한 차랍니다. 아직 조금 더 남았으니 생각나시면 언제든 말씀하세요. 그럼 전 이만 나가볼게요. 말씀 계속 나누세요."

걸어가는 레지나의 뒷모습이 어쩐지 평소와 느낌이 달랐다.

아이를 가져서일까?

리안이 홀로 그런 생각을 하는데, 막 집무실을 나서려던 레지나가 갑자기 휙 돌아섰다.

"참! 오빠 오면 물어본다고 했는데 깜박했다. 오빠 여자 생겼어?"

"뭐? 그게 무슨 소리야?"

난데없는 동생의 말에 리안은 어리둥절했다.

"황궁에 소문이 파다해. 싱글인 줄 알았던 공작님에게 알고 보니 절세미인인 애인이 있다고 다들 얼마나 난리라고. 난 못 봤지만, 오빠가 작위식에도 데려왔다고 하던데? 진짜야?"

"절세미인?"

"역시 아니구나?"

리안이 어이없어하자 레지나가 그럴 줄 알았다며 아쉬워했다.

"여자에게는 관심도 없는 오빠가 웬일인가 했지. 엄마가 속상해하시겠다."

"어머니도 아셔?"

"어제 시녀에게 들을 때 엄마도 함께 계셨어. 오빠한테 물어보시겠다고 바로 저택으로 가셨었는데, 아직 못 본 모양이구나?"

"본성에서 자고 오는 길이야. 저택에 잠시 들르긴 했지만, 안에 들어간 건 아니라서 뵙지 못했어."

"엄마 위로 잘해드려. 입이 귀까지 걸리셨었는데 얼마나 낙심하시겠어. 오빤 다른 건 다 괜찮은데, 여자 문제에 있어서만큼은 정말 불효자라니까. 알지?"

그에 관해서는 리안도 변명거리가 없었다. 어머니의 심정을 모르는 바는 아니지만 당장은 그가 해야 할 일들이 너무 많았다.

 모든 것은 다 때가 있다고 하니, 자신에게도 그저 그 순간이 자연스레 오기를 바랄 뿐이었다.

 "처남은 마음에 둔 여인 없나?"

 레지나가 나가자마자 불쑥 황제가 물었다. 리안이 아직 없다고 답하자 황제가 돌연 한숨을 푹 내쉬었다.

 "자네도 라키아도 정말 문제네. 가문을 이어야 할 사람들이 어찌 그렇게 무책임한가? 다른 형제들이 있는 것도 아니질 않나."

 "폐하, 라키나 저나 나이가……."

 "그보다 어린 나이에 장가가는 예도 있네. 그건 핑계가 될 수 없어. 장모님께서 심려가 크시다고 하니, 처남도 이제 진지하게 생각 좀 해보게나. 라키아에게는 내가 따로 이르지."

 "예, 폐하. 그리하겠습니다."

 이대로 대화가 길어지면 리안만 손해였다. 그가 고개를 숙이며 그러겠노라 답했다.

 "그나저나 라키아는 잘 있나? 요즘 통 얼굴을 볼 수가 없어서 말이야."

 "입궁 전에 잠시 보았는데 기사단과 훈련하느라 정신이 없어 보였습니다. 새로운 전투 작전이라도 짜는 모양입니다."

라키아의 타고난 소화력 앞에선 비앙카의 무시무시한 음식도 소용없었다. 그는 걱정했던 리안이 무안할 정도로 이상은 고사하고 멀쩡하기만 했다.

"옛날이나 지금이나 수련만 하는 건 변함이 없군. 그래야 라키아답긴 하지만 난 좀 서운하네. 내가 아직 어린 것인가?"

"그렇지 않습니다, 폐하. 라키 녀석이 무정한 탓이죠. 녀석에게 한소리 할 테니, 조금만 기다려 주십시오. 곧 찾아뵐 겁니다."

"그렇게라도 볼 수 있다면야 나야 환영이네."

라키아를 형처럼 의지하는 황제였다. 활짝 웃는 그의 모습을 잠시 지켜보다가, 리안이 정중히 아뢰었다.

"폐하, 현재 라모스시로 많은 인구가 유입되고 있습니다. 아직은 큰 사고 없이 도시가 운영되고 있지만, 차후엔 적지 않은 문제가 발생할지 모릅니다."

"그렇겠지. 안 그래도 염려하고 있던 일이네. 내가 도울 수 있는 게 있다면 뭐든 도울 테니, 괘념치 말고 말해 보게나."

"그리 말씀해주시다니 감사할 따름입니다."

황제의 아량에 고마움을 전하며 리안이 말을 이었다.

"인구가 몰리면 가장 시급한 것이 도시의 치안 유지입니다. 아무리 단속을 강화해도 사건 사고가 늘어날 건 불보듯 뻔하지요. 하여 말인데, 제게 병력을 내어주실 수 있겠습니까?"

"물론이네! 필요한 수만큼 데려가게나."

황제에게도 병사의 차출은 꽤 민감한 사항이었다. 그러나 청을 수락하는 황제에게선 그 어떤 망설임의 흔적도 찾을 수 없었다.

"내가 도와줄 건 그거뿐인가?"

"예, 폐하. 그것만으로도 황송하옵니다."

"허면 이번엔 처남이 내 부탁 좀 들어주게."

오늘 리안을 궁으로 불러들인 진짜 이유를 라테스는 그제야 꺼냈다.

"오래 고민했네. 자네에게 어떤 직책을 맡겨야 할까 하고."

황제 다음으로 높은 자리에 오른 리안이었다. 영광된 자리인 만큼 책임감도 그에 비례하여 커질 수밖에 없었다.

"외무대신을 맡아주게."

제국을 위해 어떤 일을 하게 될 것인지 내심 궁금해하던 리안의 고개가 옆으로 기울어졌다.

"외무대신이라 하시면……?"

"처남은 어디든 가장 빠르게 이동할 수 있는 사람이네. 대륙을 통틀어서 가장 유명한 인물이기도 하지. 그 장점을 살려 본국과 타국을 이어주는 다리 역할이 되어주게 나. 물론 이것은 겉보기용 직함이네."

"예?"

신중히 황제의 말을 듣고 있던 리안은 순간 이해하지 못한 표정을 지었다.

"내가 처남에게 진짜로 부탁하고 싶은 건 따로 있네."

"그것이 무엇이옵니까?"

"나의 숨겨진 감찰사가 되어주게나."

감찰이라면 무언가를 몰래 살피는 일이었다.

설마 귀족들을 감시하라는 뜻인가?

"날 지지하는 이들이 많아지긴 했으나 그들을 전부 믿을 수 있는 건 아니라네. 진심 어린 충정을 보이는 이들은 사실 몇 없지."

대부분이 대세에 따라, 혹은 휩쓸려서 황제의 밑으로 들어왔다고 해도 무방했다. 명예보다는 이익을 우선시하는 게 오늘날 귀족들의 현실이었다.

"그들을 감시해주게. 당연히 그들은 몰라야 하고. 처남이라면 충분히 가능하지 않은가?"

"너무 갑작스러워서 무어라 답변을 드려야 할지……. 하지만 차이가 도와준다면 아마 가능할 겁니다."

"그 크라우저 후작 말인가?"

"예, 그의 가문은 오래전부터 훌륭한 정보 체계를 갖추고 있습니다. 이 문제는 차이와 상의해 보도록 하겠습니다."

차이라면 무조건 들어줄 게 뻔했지만, 리안은 일단 그에게 먼저 묻는 것이 예의라고 여겼다.

'감찰사라…….'

황제의 제안이 다소 놀랍긴 하지만, 기실 따지고 보면 리안은 이미 그와 비슷한 행보를 걷고 있었다.

영지 개발과 관리에 들어가는 비용을 제외하고 가장 많은 투자를 하는 곳이 엘이 마스터로 있는 루센 정보 길드였기 때문이다.

어떤 일이든 시작을 하기 위해선 제일 중요한 게 그것에 관한 '정보'였다. 감찰이라는 것도 사람을 고용하여 살피는 일이니 다를 게 없는 것이다.

리안과 차이의 정보력이 합쳐진다면 모르긴 몰라도 굉장한 효과를 발휘하리라.

"혹시나 해서 말하는데, 그렇다고 외무대신의 직무를 져버려서도 안 되네. 그것 또한 아주 중요하니까."

"염려 마십시오. 성심을 다해 직무에 임하겠습니다."

"처남이 그럴 거라 믿어 의심치 않네."

리안과 황제가 서로 마주 보며 기분 좋게 웃었다. 집무실 밖이 소란해진 것은 그때였다.

"무슨 일이십니까? 안에는 이미 손님……!"

"알고 찾아왔으니 비키게!"

시종장의 알림도 없이 벌컥 문이 열리며 두 사내가 들어왔다. 어쩐 일인지 그들 모두 원망에 찬 눈빛으로 리안을 보고 있었다.

"이반, 무슨 일이야?"

무례한 방문의 주인공은 황실 마법사의 수장인 럼블리 백작과 그의 제자인 테라였다. 테라가 황제는 본체만체하더니 리안에게 우는소리로 외쳤다.

"칼리스타 공작님, 진짜 그러시기예요! 제가 공작 전하를 그간 얼마나 흠모해 왔는데요! 이러시면 저 정말 슬프고 억울해요!"

"다짜고짜 무슨 말씀이신지……?"

"어제 레어에 다녀오셨다면서요! 어떻게 스승님과 제게 말씀도 안 하시고 그러실 수가 있습니까? 그때 약속하셨잖아요. 꼭 구경시켜주시겠다고!"

"아, 그건……."

"몰래 다녀오시면 제가 모르실 줄 아셨습니까? 아사님과 비앙카 아가씨가 다 불었다고요! 이렇게 나오시면 저 아카데미고 뭐고 다 때려치울 겁니다! 선생 안 할 거예요!"

테라의 배신감은 이루 말할 수 없을 정도였다. 이제나저제나 레어에 갈 날만을 손꼽아 기다리고 있던 그에게,

조금 전 아사의 자랑은 청천벽력과도 같았다.

"저도 공작 전하께 대단히 실망하였습니다!"

오늘만큼은 럼블리 백작도 제자의 무례함을 꾸짖지 않았다. 리안을 향한 그의 원망은 테라보다 더하면 더했지, 덜 하지 않았다.

"처남, 레어에 다녀왔나?"

"예, 폐하. 전에 아사와 약속한 것도 있고 해서 겸사겸사 다녀왔습니다."

"저런, 황후와 나도 좀 데려가지 그랬나."

아쉬워하는 건 이반과 테라뿐이 아니었다.

"나라고 드래곤의 레어가 궁금하지 않겠는가?"

안 그래도 궁에만 있는 것이 답답한 황제였다. 이유는 다를지 몰라도 라테스는 이반과 테라의 심정을 십분 이해했다.

"아사 님과의 약속만 중요하신 겁니까! 정말 너무하세요!"

급기야 테라의 두 눈에 눈물까지 고였다. 리안은 난감해하며 재빨리 사태 수습에 나섰다.

"미처 생각하지 못해서 죄송합니다. 하지만 고의는 아니니 마음들 푸세요. 원하신다면 지금 당장이라도 레어로 모시겠습니다."

"엇! 진짜요? 진짜로 지금 데려가 주실 거예요?"

테라가 리안의 앞으로 득달같이 달려왔다.

"네, 폐하와 럼블리 백작님께서 저의 제안을 들어주시기만 한다면요."

"제안이라니요?"

세 사람의 얼굴에 궁금함이 비쳤다.

"무슨 제안입니까?"

럼블리 백작이 다가왔고, 황제와 테라가 귀를 기울였다. 리안은 빙그레 웃으며 새로운 사업에 대한 계획을 그들에게 전달했다.

제7화
발표회

 리안의 영지 곳곳에 벽보가 붙었다. 내용인즉슨 발표회를 열 것이니 관심 있는 마법사들은 내일 오전 10시까지 세이프리드 아카데미의 강당으로 모이라는 것이었다.
 벽보의 하단에는 칼리스타 가문의 문장인 황금색 드래곤과 리안의 직인이 또렷이 찍혀 있었다.
 "갑자기 마법사들을 모집하는 이유가 뭘까?"
 이른 아침이었지만 이미 벽보 앞은 사람들로 빼곡히 넘쳐났다. 그중 한 소년이 수염을 길게 늘어뜨린 노인을 돌아보며 고개를 갸우뚱거렸다. 그 탓에 가늘게 여러 가닥으로 땋아 내린 소년의 머리카락이 좌우로 흔들렸다.

"글쎄요. 신도 영문을 모르겠습니다. 발표회를 여는 것 자체가 의외인지라……."

주름이 자글자글한 노인의 눈매가 깊게 가라앉았다. 아무리 자국에서 현인이라 불리는 노인이라 해도 벽보만으로 앞날을 가늠하기란 어려웠다.

"우리에게 할 말이 있는 게 아닐까? 발표회라는 게 그런 거잖아."

순간 무슨 생각이 난 듯 소년의 표정이 기대감으로 차올랐다.

"혹시 마법 지식이라도 나눠주려는 걸까? 칼리스타 공작은 드래곤의 계승자라며! 우리에게 용언 마법을 가르쳐 주려는 건지도 몰라!"

"피세르 왕자님."

노인이 벽보에서 시선을 떼고 소년을 마주 봤다. 주변을 의식한 듯 그런 노인의 음성은 둘만이 들을 수 있을 정도로 매우 작았다.

"용언 마법이 무엇입니까?"

"설마 몰라서 묻는 건 아닐 테고, 여기서 수업이라도 하겠다는 거야?"

"답변해 보십시오."

피세르를 향한 노인의 눈빛은 평소처럼 인자했으나 단호함이 엿보였다. 그것은 소년이 뭔가를 잘못했을 때 나오는 그의 버릇 중 하나였다.

피세르가 기죽은 목소리로 대답했다.

"드래곤들이 쓰던 마법이잖아."

"네, 잘 알고 계시군요. 그럼 용언 마법의 특징은 무엇입니까?"

"주문 없이 시동어만으로 마법을 펼칠 수 있다는 거. 내가 그것도 까먹었을까 봐 그래?"

"잊지 않으셨다니 다행입니다. 왕자님의 말씀처럼 용언 마법은 긴 주문이 필요한 인간의 마법과 달리 간결한 시동어만으로 펼칠 수 있는 궁극의 마법입니다. 다시 말해 배운다고 할 수 있는 게 아니라는 뜻입니다."

"칼리스타 공작도 인간이잖아. 우리라고 못 할 게 뭐야?"

발끈하는 피세르를 노인이 귀엽다는 듯 바라봤다. 의도한 것은 아니나 그의 발언이 왕자의 승부욕을 자극한 듯했다.

"그리고 말이 나와서 말인데 소문으로만 들었지, 우리도 본 건 아니잖아? 칼리스타 공작이 진짜 용언 마법의 계승자인지 아닌지는 직접 눈으로 확인해봐야 해. 그게 진짜 내가 제국에 온 이유야."

"그가 주문 없이 마법을 시전하는 것을 본 사람들이 이미 많습니다. 카터 삼세가 제국으로 돌아오던 날 광장에

운집해 있던 수많은 이들이 바로 그 증인들입니다."

 본국에서 처음 소식을 접했을 때 노인은 자신의 귀를 의심했다. 죽을 때가 다 되어서 헛소리가 들리는 거라고 착각하기도 했었다.

 평생을 마법사로 살아온 그에게 리안의 등장은 가히 엄청난 충격이었다.

 "설사 계승자가 아니라고 해도, 그는 워프 마법이 가능한 7서클 이상의 대마법사입니다. 겨우 스물이라는 나이에 말입니다. 왕자님도 아시다시피 지난 수백 년간 5서클을 넘는 마법사가 나오지 않았습니다. 칼리스타 공작은 존재만으로도 존경받아 마땅합니다."

 "난 2서클이지만 이제 열일곱 살이야. 나도 스무 살이 되면 대마법사가 되어 있을지 모른다고."

 지기 싫어서 말하긴 했지만 피세르는 이내 후회했다. 3년 뒤 대마법사는커녕 견습 마법사만 벗어나도 대단하다는 게 솔직한 그의 심정이었던 것이다.

 어려서부터 마법에 타고난 재능이 있다는 소리를 들으며 자랐고, 피나는 훈련을 통해 어린 나이에 2서클의 경지에 올랐지만, 일생을 바쳐도 칼리스타 공작처럼은 될 수 없을 것 같았다.

 "그에게 질투가 나십니까?"

 "아니, 무슨 그런……! 난 왕가의 후손이야! 그런 내가 공작을 질투할 리 없잖아!"

벌컥 화를 내는 피세르를 노인이 부드럽게 타일렀다.

"질투가 나면 그렇다고 하십시오. 그것은 부끄러운 게 아닙니다. 칠십 먹은 이 늙은이도 질투가 나는걸요."

"헐! 천하의 메이슨이 질투를 한다고?"

피세르는 깜짝 놀랐다.

메이슨이 누구인가?

그냥 보기에는 머리가 희끗희끗하고 수염이 긴 보통의 노신사 같겠지만, 그는 대륙에서 손꼽히는 5서클 대마법사이자 지난날 마법 강국이라 불리던 아리아드나 왕국이 아끼는 수석 궁중 마법사였다.

메이슨 섬 마에고르 백작.

그는 피세르의 우상이었고, 공경하는 스승이었으며, 되고자 하는 목표였다.

"신도 사람입니다. 어찌하여 신은 제가 아닌 그에게 용언 마법의 행운을 가져다주었을까요? 왕자님께서는 그 점이 궁금하지 않으십니까?"

"……그가 계승자가 된 이유가 따로 있을 거라는 의미야?"

"신들이 행하는 모든 일에는 이유가 있기 마련입니다. 지나온 행보도 그렇지만, 신은 앞으로의 그의 행보가 더욱 기대가 됩니다."

늙은 몸을 이끌고 여기까지 온 것은 그래서였다.

리안의 뛰어난 마법 실력은 전부터 대륙에 널리 알려진 사실이었다.

젊은 나이에 5서클의 경지에 오르고 마법 아카데미를 세운 그를 가리켜 마법계에서는 신의 축복을 받은 자라며 농담처럼 말하기도 했다.

하지만 이제는 누구도 감히 농담을 섞어 말할 수 없었다.

마법의 최고봉이라 불리던 드래곤에게서 용언 마법을 전수받았다.

그것은 마법을 연구하는 이들에게는 꿈 같은 일이었고, 드래곤의 계승자가 된 리안은 그들에게 마법의 신, 즉 드래곤이나 마찬가지였다.

"대체 무슨 행보이길래 마법사들을 불러모으는 걸까? 진짜 궁금해 죽겠네."

이야기가 다시 원점으로 돌아갔다. 내일이면 속 시원히 알게 될 일이지만, 왠지 오늘 하루가 무척 길 것 같았다.

"메이슨?"

두 사제가 아침 식사를 위해 식당으로 돌아가려 할 즘이었다. 웬 걸걸한 사내의 음성이 메이슨을 불러세웠다.

"누구……?"

서너 명의 사람을 사이에 두고 둘의 시선이 마주쳤다.

상대는 머리가 벗겨진 단단한 체구의 노인이었는데, 알아보지 못하는 메이슨과 달리 얼굴에 반가움이 가득했다.

"역시 메이슨 자네 맞구먼!"

노인이 회색 망토를 휘날리며 그들을 향해 걸어왔다.

"멈춰라."

하지만 막아서는 호위기사에 의해 몇 걸음 앞에서 멈출 수밖에 없었다.

"괜찮으니 비키게."

정체는 알 수 없지만, 적의는 없는 자였다. 메이슨은 노인이 가까이 오는 것을 허락했다.

"날 못 알아보는군. 그렇지?"

노인은 메이슨과 같은 마법사였다. 마법사 특유의 마나가 그에게서 느껴졌다.

'환각 마법은 아니군.'

얼굴을 변형시켰나 싶어 자세히 살폈으나 그런 흔적은 보이지 않았다. 게다가 어쩐지 낯이 익은 게 모르는 사이는 아닌 듯했다.

"이름을 밝히게."

"저런, 메이슨. 아무리 내가 늙었기로서니 얼굴도 못 알아보다니 너무하는군. 그리고 다 늙어서 무슨 호위기사인가? 자네 그사이 겁쟁이가 된 것인가?"

"말을 삼가라! 나의 스승을 모독하는 것은 곧 나를 모독하는 것이다!"

노인을 호기심 어린 눈으로 관찰하던 피세르가 언성을 높이며 끼어들었다. 그에 노인이 허리를 숙이며 고했다.

"옛친구를 만난 기쁨에 흥이 겨워 그런 것이니 오해하지 말아 주십시오, 피세르 왕자 전하."

대단히 정중한 말투와 태도였다. 메이슨을 대하던 것과는 천지 차이였다.

그러나 노인의 말이 끝나기가 무섭게 숨어 있던 호위기사들이 일제히 검을 뽑아들었다.

창! 창! 창!

날카로운 예기를 번뜩이며 여섯 자루의 검이 노인의 목에 겨누어졌다.

"으앗, 깜짝이야!"

"아이구, 나 살려!"

놀란 시민들이 헐레벌떡 그들 곁에서 도망쳤다. 개중엔 궁금함을 이기지 못하고 멀리서 지켜보는 자들도 있었다.

"날 어떻게 알아보았지?"

피세르의 제국 방문은 왕국에서도 몇 사람만이 아는 극비 사항이었다. 노인을 바라보는 피세르의 눈빛이 돌덩이처럼 딱딱해졌다.

"메이슨 자네가 왕국의 둘째 왕자를 제자로 들였다는 얘기를 4년 전 일린에게서 들었지."

노인이 메이슨을 보며 답했다.

"일린?"

익숙한 이름이 나오자 메이슨의 미간이 좁아졌다. 일린은 제자도 두지 않고 홀로 대륙을 떠돌며 방랑 마법사로 사는 메이슨의 오랜 지기였다.

그는 정확히 4년 전 메이슨을 만나러 아리아드나 왕국에 들렀었다.

"일린의 말이 왕자 전하께서 아주 훌륭한 마법사로 성장하고 계시다고 하더군요. 그때는 녀석의 말을 믿지 못하였는데, 이제는 믿을 수 있을 것 같습니다."

노인은 검이 겨누어진 상태에서도 굉장히 침착했다.

"아첨이라면 그만두어라. 메이슨과 함께 있다고 해서 무조건 나라는 보장은 없다. 제자는 나뿐만이 아니니까."

"전하의 옷에 수놓아진 검은 장미는 아리아드나 왕국의 왕실 라반테 가문의 문장입니다. 전하의 머리 모양 또한 왕국에서는 왕족과 귀족만이 할 수 있는 것이지요. 저도 한때 머리를 땋고 싶었으나 천한 신분 때문에 그럴 수가 없었답니다. 물론 그때는 지금과 달리 머리숱이 아주 풍성했지요."

"설마……!"

메이슨의 눈동자가 살짝 떨렸다.

"산도르?"

"이제 기억이 났는가?"

"자네 머리가 어쩌다……?"

머리를 땋고 싶어했다는 부분에서 감이 왔다.

메이슨, 일린, 산도르.

그들은 삼총사라 불릴 정도로 막역한 사이였지만, 평민이라는 이유 때문에 산도르 혼자서만 그들과 같은 머리 모양을 할 수가 없었다.

"벗겨진 지 옛날이라네."

쑥스럽다는 듯 산도르가 손을 들어 머리를 만졌다.

"마지막으로 보았을 때만 해도 숱이 많았던 걸로 기억하는데……."

"그때가 20년 전이네. 자네는 그 사이 수염을 길렀군 그래."

"벌써 20년이나 흘렀단 말인가?"

왕립 아카데미를 졸업 후 메이슨은 궁으로, 일린과 산도르는 대륙을 이리저리 떠돌다가 5년 전 산도르만이 하이엔 공국에 정착했다.

가족보다도 서로를 위했던 그들이었는데 이제는 알아보지도 못할 만큼 변하고 늙어버렸다. 그 사실이 메이슨은 자못 씁쓸했다.

"검을 치워라."

스승에게서 친우였던 일린과 산도르에 대해 자주 들어

왔던 피세르였다. 그가 호위기사들에게 검을 치우라 명하며 산도르에게 다가갔다.

"무례를 용서하게."

"아닙니다, 전하. 저야말로 무례를 범하였다면 너그러이 용서하여 주십시오."

아침 햇살 아래서 산도르의 민머리가 유독 반짝였다. 친구의 달라진 모습에 다시 한 번 어색함을 느끼며 메이슨이 손을 내밀었다.

"몰라봐서 미안하네. 나이가 드니 망가지는 게 한두 가지가 아니야. 그나마 눈치는 좀 있다고 여겼는데 그것도 아닌 모양이네."

20년 만에 맞잡은 둘의 손에 힘이 들어갔다. 잠시 말없이 서로를 응시하던 둘은 이내 뜨겁게 포옹했다. 긴 세월이 흘렀지만, 그들은 여전히 친구 사이였다.

"궁중 마법사인 자네가 왕자 전하까지 모시고 여길 온 이유는 칼리스타 공작 때문이겠지?"

"그건 자네 또한 마찬가지 아닌가?"

"왜 아니겠나. 여행이라면 이제 지긋지긋한 나인데 와보지 않을 수 없었지. 아마 일린도 이곳 어딘가에 있을 것이네."

메이슨이 고개를 끄덕였다.

가장 최근에 일린에게서 받은 편지가 제국에서 그리 멀

지 않은 곳에서 부쳐진 것이었다. 벽보를 보았다면 틀림 없이 내일 나타날 것이다.

"삼총사의 재규합인가?"

두 노인을 바라보는 피세르의 얼굴에 어떤 열망이 번졌다.

칼리스타 공작도 공작이지만, 아리아드나 왕국이 낳은 뛰어난 마법사 셋을 한자리에서 볼 수 있는 기회는 많지 않다. 그것은 그가 마법을 공부한 이래로 늘 바라던 것이기도 했다.

"저희뿐만이 아닙니다, 전하. 그동안 명성으로만 전해 들었던 이들을 보실 수 있을 겁니다."

마법의 쇠퇴로 마법사의 수가 많이 줄었다고는 하나, 그들이 전부 모인다면 그 수는 절대 적지 않다. 또한 그 중에는 메이슨과 같은 이름 높은 마법사들도 더러 포함되어 있을 것이다.

그 모두를 모아놓고 칼리스타 공작은 어떤 말을 하려는 것일까?

산도르까지 합세해서 머리를 맞대 보았지만 무슨 일인지 감조차 오지 않았다. 내일을 기다리며 모두가 뜬눈으로 밤을 지새웠다.

*   *   *

다음 날, 세이프리드 아카데미 정문 앞은 또다시 많은 인파로 붐볐다. 아카데미를 구경하고 싶은 사람들로 인해 언제나 북적거리는 곳이긴 했지만, 어제의 벽보 때문인지 오늘은 유달리 그 정도가 심했다.

리안을 가까이에서 보기 위해, 혹은 유명한 마법사들을 직접 만나기 위해 너도나도 마법사라 우기며 강당으로의 진입을 시도했다.

하지만 마법사가 아닌 일반인이 정문을 통과하려 할 때마다 떠들썩한 경고음이 울리는 통에 대다수가 아쉽게 발걸음을 돌려야만 했다.

재밌는 것은 경고음이 나지 않으면 마법사라는 뜻이었기에 구경꾼들의 박수갈채를 받으며 입장하는 진풍경이 잇따라 벌어졌다.

발표회가 열리기 이십여 분 전. 피세르도 그 갈채 속에서 메이슨, 산도르와 함께 정문을 지나 강당에 들어섰다.

안에는 그들이 예상했던 것보다 훨씬 많은 수의 사람들이 이미 강당을 꽉 메우고 있었다.

"메이슨 섬 마에고르 백작이다!"

그중 누군가가 일행을 보고 소리쳤다.

"그 옆은 하이엔 공국의 산도르 경이야!"

모여 있던 이들이 일제히 몸을 돌려 그들을 바라봤다.

지금은 리안의 위세에 가려져서 그렇지, 둘도 한때는 대륙을 진동시켰던 쟁쟁한 실력자들이었다.

"여어, 내 친구들 이게 얼마 만이야!"

아무도 선뜻 다가서지 못할 때, 남루한 차림의 노인 한 명이 반갑게 일어나 그들을 맞았다.

"일린!"

노인의 이름은 일린, 정처 없이 떠도는 방랑 마법사이자 메이슨과 산도르의 둘도 없는 지기였다.

20년 만에 다시 뭉친 세 사람이 장소도 잊은 채 서로를 얼싸안고 재회의 기쁨을 나눴다.

잠시 소외감이 들긴 했지만, 피세르도 기꺼운 마음으로 그들 셋을 지켜보았다.

그렇게 얼마나 지났을까.

얼마 말도 섞지 못하였는데 오전 10시를 알리는 종소리가 강당에 울려 퍼졌다. 그리고 기다렸다는 듯 앞문이 열리며 그곳으로부터 하얀색 로브를 입은 자들이 연이어서 걸어들어왔다.

"저들은……!"

로브에 수놓아진 황금색 지팡이. 그들은 전부 황실 마법사들이었다.

"대체 뭔 일이지?"

"황궁에 있어야 할 자들이 왜 여기에 있는 거야?"

제국의 황실 마법사가 된다는 건 대단히 명예로운 일이었다. 당연히 황실 마법사는 보통사람에게 뿐 아니라 마법사들에게도 존경의 대상이었다.

그 대상이 하나도 아니고 수십 명씩 한꺼번에 등장한 이유가 무엇일까?

기대감으로 가득 차 있던 사람들의 얼굴이 하나같이 혼란스러움으로 뒤바뀌었다.

"저자가 럼블리 백작입니다."

황실 마법사 중 가장 마지막으로 들어오는 럼블리 백작을 가리키며 메이슨이 속닥였다.

리안의 존재가 알려지기 전, 대륙 최고의 마법사를 논할 때마다 메이슨과 함께 가장 많이 거론되며 또 비교되었던 이가 바로 럼블리 백작이었다.

"소문을 들어서 알고는 있었지만, 진짜로 본얼굴을 감추었네. 왠지 징그러운걸."

"전하, 아름다운 것에 집착하는 마법사는 의외로 많사옵니다."

낯을 찌푸리는 피세르에게 일린이 특유의 인자한 웃음을 지으며 말했다. 그러자 산도르가 불퉁한 목소리로 반박했다.

"누가 그러던가? 난 전혀 못 봤는데. 자네 친분 좀 있다고 역성드는 겐가?"

"난 그냥 사실을 말하는 거네."

"그게 무슨 사실인가! 난 살면서 저자처럼 얼굴을 숨기고 다니는 마법사는 보지 못하였네!"

"그거야 당연한 거 아닌가?"

"뭐?"

"일루젼은 4서클의 마법이네. 대륙에서 환각 마법이 가능한 마법사가 몇이나 되겠는가? 말이 나온 김에 자네도 생각 좀 한번 해보게나."

일린이 자신의 민머리를 힐긋거리자 산도르의 두 뺨이 붉게 달아올랐다. 그러나 막 강당으로 들어서는 리안 때문에 어쩔 수 없이 홀로 분을 삭여야만 했다.

"듣던 대로 굉장하군."

그걸 아는지 모르는지 일린이 홀린 듯 중얼거렸다.

세련된 정장을 갖춰 입고 단상 위로 올라서는 리안의 자태에 모두가 멍하니 할 말을 잃었다. 아름다운 미모 때문이 아니었다.

리안에게서 쏟아져 나오는 황금빛 광채.

말로만 듣던 것을 실제로 마주하자 온몸에 소름이 돋았다.

그 어떤 증명도 필요치 않았다. 바라보는 것만으로도 그들과는 다른 무엇인가가 리안에게서 느껴졌다.

좀처럼 모습을 드러내지 않는다는 황실 마법사가 단체

로 진을 치고 있었지만, 그 순간 오로지 리안만이 그들의 눈을 사로잡았다.

"안녕하십니까."

리안의 맑은 음성이 증폭 마법을 타고 강당에 퍼졌다. 고작 한마디 인사를 했을 뿐인데 성스러운 기운이 전해져 오는 기분이었다.

피세르가 자기도 모르게 꿀꺽 침을 삼켰다.

"아드리안 폰 칼리스타입니다."

오늘은 같은 마법사로서 이 자리에 선 것이었다. 리안은 일부러 작위를 빼고 자신을 소개했다.

"우선 찾아주셔서 감사하다는 말씀 전하고 싶군요. 생각보다 많은 분들이 와주셔서 놀랐습니다."

리안이 장내를 둘러보며 미소를 지었다.

"그럼 궁금하실 테니 바로 본론으로 들어가겠습니다."

리안은 지체하지 않았다.

그가 핑거스냅을 튕기자 단상의 구석에 놓여 있던 흰 장막이 허공을 가르며 날아와 벽처럼 세워졌다. 그리고 리안이 다시 한 번 손가락을 튕기자 장막 위로 검은 선들이 그려졌다.

"어, 저건?"

리안의 알 수 없는 행동에 어리둥절해하던 마법사들의 눈에 이해의 빛이 스친 것은 그 선들이 이어지기 시작할 때였다.

까닭은 모르지만 장막 위에 그려지고 있는 건 대륙의 전도였다.

"지도라……. 일린, 자네는 뭐 좀 알겠나?"

여행과 지도는 아주 밀접한 관계에 있다. 여행이라면 실컷 해본 산도르지만 일린 앞에서는 명함도 내밀 수 없었다.

그래서 혹시나 하는 심정으로 그가 일린에게 물었다.

"흠, 글쎄……."

"자네는 감이 좋잖아. 아무거나 찍어 보라고."

"쉿! 뭔가 더 있는 모양일세."

일린이 검지로 입을 가리며 턱짓했다.

"메이슨, 방금 저기 바우시 맞지?"

지도 위에는 막 붉은색 점이 더해지고 있었다. 총 여섯 개로 점의 위치는 전부 로젠바움 제국의 안쪽이었다.

"네, 피세르 왕자님. 신의 기억이 맞는다면 위로부터 제국의 황도인 러섹시, 타운젠드 공작의 영지인 마리오네, 맥카시 전 공작의 땅 바우시, 다음이 컴프틴 산맥, 칼리스타 공작이 다스리는 라모스시, 그리고 해안 도시 소머빌입니다."

"정확하네."

단상 위에 시선을 고정한 채 일린이 머리를 끄덕였다.

"저게 뭘 뜻하는 걸까? 저 여섯 군데에 뭐가 있다는 거지?"

"그러게 말입니다. 보물이라도 숨겨놓았으니 찾아보라는 걸까요. 허허 참. 설명도 없이 다짜고짜 뭐 하는 건지……."

본래부터 급한 성미를 타고난 산도르였다. 그가 짜증 서린 목소리로 구시렁거렸다.

"혹시……?"

그때 일린이 뭔가가 떠오른 듯 움찔 몸을 떨었다. 산도르는 물론이고 피세르와 메이슨까지 황급히 그를 향해 돌아섰다.

"뭔지 알겠나?"

"무엇인가?"

"냉큼 말해 보게!"

그러나 그들의 바람과 달리 일린이 고개를 저었다.

"모르겠네. 통 모르겠어."

고개를 젓고 있는 건 일린뿐만이 아니었다. 강당에 모인 전부가 그와 똑같은 행동을 하고 있었다. 주위 사람과 의논하는 이도 있었지만 역시 소용없는 듯 고개만 가로저었다.

고요하던 실내가 다시금 소란해졌다.

"저기 오른쪽 맨 끝에 수염 긴 노인이 메이슨 섬 마에

고르 백작입니다. 럼블리 백작님과 비견될 정도로 대륙에 이름난 대마법사입니다."

다들 지도에 눈이 팔린 사이 엘이 다가와 조용히 리안에게 말했다. 그녀의 손에 들린 수첩에는 리안이 주의해서 봐야 할 명단이 적혀 있었다.

"유독 정순한 마나의 기운이 그에게서 느껴집니다. 측근들도 대단한 자들 같은데, 누구죠?"

"아카데미 시절 동고동락한 친우들입니다. 머리가 벗겨진 자가 산도르, 그 옆이 일린 경입니다. 산도르 경은 몇 해 전 하이엔 공국의 궁중 마법사로 들어갔고, 일린 경은 특이하게 방랑 마법사를 자처하며 대륙을 떠돌고 있습니다. 아시겠지만 두 사람 모두 4서클의 마법사입니다."

"함께 있는 소년은요?"

"아리아드나 왕국 라반테 가문의 차남, 피세르 혼 라반테 왕자입니다. 마에고르 백작의 제자로 알려져 있습니다."

"왕자까지 왔다는 것은 아리아드나 왕국에서도 제게 관심이 있다는 거겠지요?"

"플라헤티 왕국과의 분열로 인해 국력이 약해지긴 했으나, 과거엔 마법 강국으로 불리던 나라입니다. 당연히 어떤 나라보다도 공작님께 관심이 클 것입니다."

리안의 이번 사업은 훗날 타국의 협조가 반드시 필요했다. 그들의 방문은 어쩌면 그 계획을 좀 더 앞당길 수 있는 계기가 되어주리라.

"좌측의 금발 여인은 시안 왕국에서 온······."

이후로 엘은 리안에게 서너 명의 사람을 더 소개했다. 그녀의 설명이 끝날 때쯤에는 더 이상 장막 위로 아무것도 그려지지 않았다.

엘에게 눈으로 고맙다 전하며 리안이 다시 입을 열었다.

"갑자기 웬 지도인가 하며 궁금하셨을 겁니다. 보시다시피 여러분이 보고 계신 것은 대륙의 전도이며, 여기 우리가 발을 딛고 있는 이곳은 바로 제 고향 라모스입니다."

리안이 장막 앞으로 걸어가 손으로 붉은색 점을 가리켰다.

"차례대로 소머빌, 컴프턴 산맥, 마리오네시, 바우시, 러섹시입니다. 자, 그럼 묻겠습니다. 이곳 라모스에서 소머빌까지 가는 데에 걸리는 시간은 총 얼마나 될까요? 아시는 분 계시면 말씀해 보십시오."

"빨리 간다 쳐도 족히 20일은 걸릴 겁니다."

"네, 맞습니다. 그럼 황도인 러섹시까지는요?"

"열흘에서 보름 정도?"

"바우시와 마리오네시는 어떨까요? 그곳에서 넘어오신 분 계십니까?"

리안이 묻자 손을 드는 자들이 몇 있었다. 그들이 말하는 날수는 전부 달랐지만, 평균을 내자면 모두가 비슷했다.

"제가 여러분에게 왜 이런 질문을 하는 것일까요?"

잠시 기다렸지만 아무도 답하는 자가 없었다.

"바로 이 대답을 하기 위해서입니다."

리안이 제국 위로 둥글게 원을 그렸다.

"저는 여기 여섯 곳을 가는 데 한 시간, 아니 더 확실하게 말하자면 십여 분이 채 걸리지 않습니다. 어디서 출발하든지 말입니다."

"워프 마법으로 이동하신다는 말씀입니까?"

한 젊은 마법사가 손을 들고 묻자 리안이 웃으며 말을 이었다.

"워프 마법은 맞습니다만, 지도를 보십시오. 붉은 점은 모두 정확히 각 도시의 한 지점에 고정되어 있습니다."

"……게이트로군."

강당의 우측 끝이었다. 낮은 저음의 음성이었지만 모두에게 또렷이 들렸다.

"일린?"

산도르가 의아한 얼굴로 친구를 바라봤다. 그뿐 아니라

주변의 시선이 모두 쏠렸지만 일린은 개의치 않고 리안을 향해 목소리를 높였다.

"워프 게이트를 설치했다는 말 같은데, 맞는가?"

"그렇습니다."

"이유를 모르겠군. 자네가 진정 7서클의 마법사라면 어디든 이동이 가능할 텐데, 굳이 게이트를 설치한 까닭이 무엇인가?"

정곡을 찌르는 말이었다. 방금까지 리안을 동경의 빛으로 바라보던 많은 마법사들이 동요하며 수군거렸다. 어디선가 7서클의 마법사가 정말 맞느냐는 말마저 흘러나왔다.

"제 마법에 의문이 가십니까?"

마법사란 원래가 의심이 많은 이들이었다. 이럴 거라는 걸 이미 예상했던바, 리안은 침착하게 마법을 시전했다.

"키에르지엔."

단상 위 빈자리에 움직이는 투명한 점 하나가 생겨났다. 그것은 점점 커졌고 어느덧 문의 형상을 띠었다.

"얼마 전까지 감옥으로 쓰이던 것입니다. 맥카시 전 공작의 재판이 있던 날, 이곳에 갇혀 있던 이들 또한 함께 처벌을 받았지요. 앞으로는 다른 용도로 쓸 생각입니다."

마치 별것 아닌 개인 소품을 소개라도 하듯 단조로운 음색이었다. 그러나 그것을 바라보는 마법사들의 눈은 정상이 아니었다.

왜 아니겠는가.

아공간은 워프 마법과는 차원이 다른 마법이었다.

더욱이 아공간 마법을 시전했다는 건 7서클이 아니라 8서클 이상의 마법사임을 시인하는 것이었다.

용언 마법의 계승자.

누구도 입에 담지 않았지만, 그 순간 다들 그 여덟 글자를 떠올렸다. 잠깐이나마 리안을 의심했다는 사실이 민망하고 부끄러웠다.

"워프 게이트를 설치한 이유가 무엇인지 제게 물으셨습니까? 그건 바로 나의 영지민, 나아가 제국민들, 더 크게는 대륙의 모든 이들을 위해서입니다."

게이트를 만든 건 리안이 6서클 마법사일 때였지만, 지금의 화제와는 관계없는 얘기였기에 생략했다.

"타국, 혹은 먼 도시에 볼일이 생기면 몇 날 며칠을 고생해서 이동해야만 합니다. 그것은 마차를 타는 이들이나 걷는 이들이나 피로의 차이만 있을 뿐 매한가지로 힘든 일이지요. 중간에 도적단이라도 만나면 목숨을 걸어야 하기도 합니다."

돈 많은 상인이나 귀족이 아니고서야 도적단을 만나면 가진 것을 모두 털릴 수밖에 없었다. 일반 사람들에겐 호위기사나 용병을 고용할 만한 능력이 없기 때문이었다.

"하지만 게이트를 이용하면 다릅니다. 내가 있는 곳과 가야 할 목적지에 게이트만 있다면 누구라도 편하고 안전하게 이동할 수 있습니다. 빠른 것은 두말할 필요도 없겠지요."

리안은 잠시 말을 멈추고 아공간 마법을 닫았다.

"이뿐만이 아닙니다. 물자의 유통도 전보다 더 활발해질 수 있습니다. 타지의 특산품을 보다 빠르고 신선한 상태로 구매할 수가 있게 될 테니까요. 그렇다고 값이 오르느냐. 그것도 아닙니다. 긴 시간과 운임 경비에 들어가는 금액을 따진다면 오히려 가격이 더 저렴해질 수도 있습니다."

리안은 바다향기에 공급되는 싱싱한 해산물을 자신이 어떤 식으로 유통하고 있는지에 대해 제법 상세한 설명을 덧붙였다.

"게이트를 그런 용도로 쓰신다는 건 대단히 획기적인 발상이신 것 같습니다. 하지만 거기에는 커다란 단점 하나가 있습니다."

"말씀해 보십시오."

리안은 기꺼이 발언권을 넘겼다.

"게이트 발동은 현재 공작님만이 가능하십니다. 저 여섯 곳을 홀로 감당하신다는 건 안 그래도 바쁘실 텐데, 무리가 아니겠습니까?"

"그래서 여러분을 모신 겁니다."

기다렸던 질문이었다.

리안이 스냅을 퉁기자 키에르지엔이 있던 자리에 워프 게이트의 형상이 떠올랐다. 은은한 빛을 뿜어내는 게이트의 모습에 마법사들이 술렁였다.

"이것이 제가 제작한 워프 게이트입니다. 다들 짐작하셨겠지만, 가장 위에 보이는 붉은 빛깔의 돌이 게이트의 심장이라고 할 수 있는 마정석입니다. 그리고……."

게이트를 처음 접하는 그들을 위해 리안은 작은 부분까지 빼놓지 않고 상세히 알려주었다.

"워프 게이트란 이러한 원리로 움직이는 것입니다. 제 설명이 미흡하여 이해하기 어려우실지 모르지만, 핵심은 이겁니다. 7서클의 마법사가 아니더라도 워프 게이트의 발동은 가능하다는 사실입니다."

"1서클 마법사라도 말입니까?"

어이없다는 듯 묻는 누군가의 말에 리안은 최대한 진지하게 대꾸했다.

"도움이 좀 따라야겠지만 가능합니다. 안전을 위해 도시마다 2서클 이상의 마법사를 상주시킬 계획입니다."

웅성거림이 커졌다. 7서클 경지에 올라야만 펼칠 수 있는 워프 마법을 1서클의 마법사도 움직이게 할 수 있다니, 아무리 리안이 하는 말이지만 도저히 믿을 수가 없었다.

 좀 전까지만 해도 리안을 의심했다는 것에 부끄러워하던 그들이지만, 믿는 데도 어느 정도라는 게 있었다. 이건 정말이지 말도 안 되는 이야기였다.

 "워프 게이트는 어떻게, 누가 만드느냐가 중요한 것입니다. 잘 만들어진 게이트는 통신을 통해 서로 공명하고 활성화가 됩니다. 각 위치가 고정 좌표로 설정될 것이기 때문에 시동은 그다지 어려운 문제가 아닙니다."

 리안의 부연에도 호의적인 반응은 나오지 않았다. 그들은 여전히 믿지 못하는 눈치였고, 리안은 그런 그들을 이해할 수가 없었다.

 어찌 보면 그것은 당연했다.

 아무리 노력하고 또 노력해도 이룰 수 있는 수준이 고작 1, 2서클인 그들이었다. 운 좋게 황실 마법사가 된다 해도 3서클이 요즘의 한계였다.

 그런 자신들이 워프 게이트를 발동한다고?

 본인들의 실력을 누구보다도 잘 아는 그들이기에 리안의 말에 회의가 들 수밖에 없었다.

 "각 도시에 지어질 게이트의 크기는 지금 보고 계신 것보다 훨씬 커질 예정입니다. 그리고 좀 전에 말씀드렸던 대로 각 게이트마다 2서클 이상의 마법사, 즉 황실 마법사가 배속되어 여러분을 도울 것입니다."

리안의 강수가 통했다. 황실 마법사를 거론하자 언제 그랬냐는 듯 웅성거림이 잦아들었다.

마법사들은 그 순간 깨달았다. 황실 마법사들이 이 자리에 함께 있는 이유는 다른 게 아니라 리안의 말을 뒷받침하기 위해서였다.

그렇다는 것은 이 모든 게 진정한 사실이고 가능한 현실이라는 의미였다.

"워프 게이트는 분명 우리의 문명을 이롭게 할 것입니다. 저를 도와 이 작업에 뛰어든다면 그에 합당한 대가는 물론, 파트너가 되는 황실 마법사에게 가르침을 받을 수도 있습니다."

말만 들어도 설레는 기회였다. 하지만 리안의 말은 아직 끝난 게 아니었다.

"정기적으로 세미나도 주최하겠습니다. 시간이 되는 한 저는 언제든 여러분을 만나 마법에 대해 토론하고 연구할 자세가 되어 있습니다."

"저, 정말입니까?"

듣고도 믿을 수가 없었다. 오로지 리안을 만나기 위한 일념 하나로 여기까지 온 그들이었다. 어떻게든 눈에 들어 마법을 배우는 것이 그들의 목표이자 소망이었다.

그런데 자발적으로 세미나를 열어 함께하겠다니. 이것은 거의 기적과도 같았다.

"당연합니다. 그리고 한 가지 더, 제가 가진 마법서도 오픈할 계획입니다."

정적!

이전과는 비교가 불가능한 거대한 정적이 일대를 덮쳤다. 감히 누구도 입을 열지 못했다.

그도 그럴 것이 리안은 드래곤의 계승자다. 그의 마법서라는 건 곧 드래곤의 마법서란 뜻이다. 마법의 신이라 불리던 드래곤이 직접 사용하던 것이란 말이다.

이것은 평생 한 번 있을까 말까 한 기회였다.

리안을 바라보는 그들의 심장이 쿵쾅거리며 무섭게 뛰었다.

"저는 마법이 널리 퍼지길 원합니다. 대륙에 검사보다 마법사의 수가 더 많았던 적이 있다는 걸 아십니까?"

먼 고대의 이야기였지만 그것은 사실이었다. 문헌으로만 전해져오는 그 찬란했던 시절을 마법을 공부하는 이라면 모두가 그리워하고 있었다.

"우리가 노력한다면 언젠가는 그런 날이 다시 올 거라고 저는 생각합니다. 그런 미래를 위해서라면 저의 모든 지식을 여러분과 아낌없이 나눌 준비가 되어 있습니다."

리안이 장막을 가리켰다.

"현재는 고작 여섯 개지만 차차 증가할 것입니다. 처음에는 먼저 이곳부터, 그리고 여기, 다음은……."

지도 위로 붉은색 점이 하나둘 늘어났다. 제국에 국한된 것만이 아니었다.

점이 생겨나는 곳은 나라, 국경에 상관없이 전부 대도시가 중심이었다.

"제국만 발전시키겠다는 생각은 추호도 없습니다. 이 자리에는 먼 타국에서 오신 분들도 여럿 계십니다. 저는 그분들과 어떤 마법이든 기꺼이 공유할 것이며, 또 여러분은 여러분대로 자국으로 돌아가 그 마법을 전파하는 데 힘써주시길 바랍니다. 우선은 게이트 마법부터이겠지요."

어느새 흰 장막이 붉은색 점으로 빼곡히 들어찼다. 아주 먼 후일의 모습이 되겠지만, 그날을 상상하자 하나같이 얼굴에 미소가 피었다.

마법 시대의 도래.

그것은 누구보다 세이프리드가 원하던 것이었다. 그리고 지금은 리안의 꿈이기도 했다.

오늘 발표회를 통해 리안은 그 꿈에 크게 한 발짝 다가서는 중이었다.

제8화

아신의 편지

 긴 겨울이 가고 드디어 봄이 왔다. 산꼭대기에 얼어 있던 눈이 녹아 계곡에 물이 넘쳤고, 들판에는 알록달록 야생화가 피어났다.

 부지런히 밭을 갈아 씨를 뿌리는 농부와 냇가에 나가 겨우내 묵은 빨래를 하는 아낙네들, 햇살을 맞으며 뛰노는 아이들 등 모두가 즐거운 마음으로 새해를 반겼다.

 하지만 여기, 달빛 아래 근심 어린 표정의 한 남자가 있었으니 그는 바로 리안이었다.

 새롭게 시작한 사업과 외무대신 업무로 한층 더 바빠진 일상을 보내고 있는 리안이 그답지 않은 심각한 얼굴로 어딘가를 향해 빠르게 걷고 있었다.

'오늘은 이야기가 잘 풀렸으면 좋겠는데…….'

높은 담을 지나 그가 도착한 곳은 저택 뒤편에 마련된 드래곤 기사단의 연무장이었다. 자정이 가까워져 오는 늦은 시각임에도 불구하고 누군가 홀로 웃통을 벗은 채 수련에 한창이었다.

리안은 입구에서 걸음을 멈췄다. 훈련을 방해하고 싶지도 않았을뿐더러 이미 상대라면 그의 방문을 알고 있을 터, 잠시간의 기다림을 택했다.

쇄애액—

밤 공기를 가르며 검이 나아갔다.

발을 구르며 팔을 뻗는 단순한 동작이었는데 마치 태산 같은 기세가 느껴졌다. 화려하지는 않지만, 군더더기 없는 몸짓이 전보다 그의 실력이 발전하였음을 말해 주었다.

차앙!

드디어 수련이 끝났다. 그가 호흡을 가다듬으며 검집에 검을 꽂았다.

"후우!"

마지막 숨을 몰아쉰 그가 입구를 돌아봤다. 그리곤 이내 못 이긴 척 다가왔다.

"무슨 일이야?"

무뚝뚝한 음성의 주인공은 라키아였다. 그가 땀에 젖은 머리칼을 넘기며 리안의 앞에 섰다.

"아직 밤에는 날이 차가워, 라키. 그러다 감기 들라."

"한겨울에도 끄떡없었거든."

"원래 감기는 일교차가 심할 때 더 잘 걸리는 법이야."

"잔소리하려고 여기까지 온 거냐?"

"……아니, 얘기 좀 할까 해서."

라키아의 짜증에 리안이 망설이다가 대꾸했다.

"이 야밤에 뭔 얘기를 하겠다고."

입으로는 투덜거렸지만 해 보라는 듯 라키아가 근처 돌계단에 주저앉았다. 옷이라도 걸치는 게 어떠냐고 말하려던 것을 꾹 참고, 리안도 그 옆에 자리를 잡고 앉았다.

"요즘 몸 상태는 어때? 좀 전에 보니 실력이 많이 좋아진 것 같던데, 깨달음이라도 얻은 거야?"

"깨달음은 무슨. 그냥 비슷해."

"아니야, 움직임이 달랐어. 전보다 훨씬 좋아졌다니까?"

"그 정도로 좋아졌다고 말하긴 이르지. 그레이트 마스터가 되려면 아직 멀었어. 후작님 같은 그랜드 마스터가 되려면 더더욱 멀었고."

그랜드 마스터.

검을 손에 쥔 자라면 모두가 꿈꾸는 구극의 경지이고,

라키아가 늘 입버릇처럼 되고 말겠다고 호언장담하던 것이었다.

하지만 오늘은 다른 무언가가 라키아의 남청색 눈동자에 스치고 지나갔다. 예전이라면 몰랐겠지만, 이제는 그 빛이 무엇인지 리안은 알고 있었다.

"차이, 나 물어보고 싶은 게 있어. 솔직하게 말해 줄래?"

온천에 다녀온 후 한참을 고민하다가 내가 물었었다.

"남들보다 오래 사는 건 어떤 기분이야? 혹시 긴 세월이 지루하다든가 심심하지는 않아?"

"무료할 때가 있기는 합니다. 때로는 외롭기도 하고요."

"차이가 외로울 때도 있어?"

깜짝 놀란 내가 묻자 차이가 미소를 지으며 말했다.

"저도 일단은 인간이니까요."

대답을 듣고 보니 참으로 바보 같은 질문이었다. 인간이라면 외로움을 타는 것은 너무도 당연했다.

눈코 뜰 새 없이 바쁜 일정 속에서 나도 문득 외로움을 느낄 때가 있었다. 외로움이란 인간에게서 떼어낼 수 없는 부속품과도 같았다.

"혼자 남으실 게 걱정되십니까?"

이번에는 차이가 물었다.

난 주저하며 머리를 저었다.

"그게 잘…… 모르겠어. 내가 언제까지 살 수 있을지 나도 확실치가 않으니까. 하지만 아무래도 가장 마지막은 내가 되겠지?"

난 불안한 눈빛으로 차이를 올려다보았다. 내 눈길을 피하진 않았지만 차이는 말이 없었다. 그건 아마 나와 같은 생각이라는 뜻일 것이다.

난 고개를 푹 숙였다.

"그럴 수만 있다면 리안 님 곁을 끝까지 지켜드리고 싶습니다."

"알아."

위로하는 차이에게 나는 괜찮다는 듯 일부러 웃음을 지어 보였다. 그러나 기분은 조금도 나아지지 않았다.

"그거 알아? 난 오래 살고 싶었어."

죽음이 어떤 것인지 난 누구보다 잘 알았다. 주인 대신 나간 전쟁터에서 서른 살의 나이로 객사하면서 덧없는 인생이라며 얼마나 한탄을 했던가.

그렇기에 이번 생만큼은 후회 없이 살고자 열심히 노력하였고, 이왕이면 천수를 다하고 싶은 욕심도 있었다.

"하지만 드래곤처럼은 아니야. 그들은 수천, 수만 년

을 살아간다지? 설마 나도 그렇게 되는 걸까?"

사랑하는 이들을 떠나 보내고 홀로 기나긴 세월을 살아간다는 것.

지금의 나로서는 감히 상상도 할 수 없는 일이었다.

"드래곤의 수명이 길어진 것은 신들이 그들을 미워했기 때문이라는 말이 있습니다."

"신들이?"

"네, 진실의 여부는 알지 못하나 어쨌든 드래곤들도 그들의 긴 수명이 지루했던 것은 사실입니다. 숱한 유희를 보내며 지낸 점이 바로 그 증거죠."

유희라면 세이프리드가 남긴 기록에서도 본 적이 있다. 마법 연구에 힘을 쏟았던 세이프리드 또한 생전에 많은 유희를 즐겼다고 나와 있었다.

"유희라고까지는 할 수 없겠지만, 제가 여행을 자주 다녔던 것도 비슷한 이유에서입니다. 다 같이 긴 인생을 살아간다면 모를까, 남과 다르다는 건 여러모로 참 제 자신을 쓸쓸하게 하더군요."

"차이……."

미처 생각하지 못했던 부분이었다. 친구라면 그가 말하기 전에 한 번쯤 먼저 진지하게 살폈어야 할 문제였다. 그랬다면 나 또한 뒤늦게 고민에 빠지지도 않았을 것이다.

차오르는 미안함에 왠지 난 얼굴을 들 수가 없었다.

"그렇지만 이제는 다릅니다. 긴 수명 덕분에 리안 님 곁에 오래도록 머물 수 있게 되었으니까요."

"모두가 함께할 수는 없는 걸까?"

"글쎄요. 수명을 늘릴 수 있는 마법이라도 발명된다면 가능할지도요."

농담 섞인 차이의 말에도 난 웃을 수가 없었다. 아직은 먼 훗날의 일이지만, 혼자 남을 그날이 점점 두려워졌다.

"리안 님."

차이의 음성이 진중해졌다.

"벌써부터 우울해하지 마십시오. 리안 님께도 언젠가 저와 같은 일이 생길 겁니다."

"그게 무슨 말이야?"

"하루하루를 별 의미 없이 살아가던 제게 어느 날 리안 님이 나타나셨습니다. 그날로 저의 모든 것이 뒤바뀌었죠."

"내게도 새로운 친구가 생길 거라는 뜻이야?"

"꼭 친구가 아닐 수도 있습니다. 의미가 되는 거라면 어떤 것이든 살아갈 이유를 줄 테니까요."

살아갈 이유?

그러한 것이 정말 나에게 생길까?

의미가 되는 어떤 것…….
 난 잠시 걱정을 뒤로 미루고 차이의 말을 곱씹고 또 곱씹었다.

"뭐야? 갑자기 왜 말이 없어?"
 "아, 미안."
 리안은 퍼뜩 상념에서 돌아왔다. 지금은 자신의 고민거리를 생각할 때가 아니었다.
 "라키."
 "말해."
 두 손을 베게 삼아 라키아가 벌러덩 돌계단 위로 누웠다.
 리안은 첫마디를 어떻게 꺼낼지 고심하다가 온천에서의 일을 조심스레 입에 담았다.
 "그때 센 님이 내 수명을 물었을 때 말이야. 그거 라키는 전부터 생각하고 있었던 거지?"
 "……"
 "사실 난 그전까지는 아무 생각이 없었어. 피어를 발현하고 자체 치유 능력이 생겼으면서도 수명이 늘어났을 거라고는 정말 꿈에도 몰랐거든. 나 좀 맹추 같지?"
 "그걸 이제 알았냐?"
 라키아가 퉁명스레 받아쳤지만, 리안은 도리어 마음이

편안해졌다.

"내가 얼마나 살 수 있을지는 나도 잘 모르겠어. 드래곤처럼 수천, 수만 년을 살아갈지, 아니면 보통의 인간처럼 살다가 죽을지 지금은 아무것도 확실하지가 않아."

"세이프리드가 남긴 말이라든가 뭐 그런 거 없어?"

"응, 전혀. 내가 전에 말했었지? 묘인국에서 잠깐 정신을 잃었을 때 그를 만난 적이 있었다고."

"그래, 믿어지지는 않았지만."

현실의 리안과 이미 오래전에 죽은 드래곤이 마법의 힘으로 조우했다는 것에 라키아는 경악을 금치 못했었다. 그 주인공이 리안이기에 사실이라 믿은 것이지, 다른 사람이었다면 아마 믿지 못했으리라.

"그때 세이프리드도 나의 능력에 매우 놀라는 눈치였어. 내가 피어를 발현하고 자체 치유력이 생길 거라고는 그도 예상하지 못했던 것 같아."

"그 드래곤 바보냐? 아니, 자기가 해놓고 왜 몰라?"

어이가 없다는 듯 라키아가 눈을 희번덕거리며 몸을 일으켰다. 리안은 차분하게 설명했다.

"라키, 세이프리드가 내게 용언 마법을 남긴 것도 그였기에 가능한 거야. 아무리 드래곤이라도 그런 식으로 누군가에게 마법을 전수하지는 못해."

"수명이 얼마나 될지는 모르면서, 그건 아는 거냐? 그가 제일 잘난 드래곤이라고 어디 쓰여 있기라도 하나 보지?"

"마법에 관심이 좀 있는 사람이라면 대부분 아는 사실이야. 세이프리드는 드래곤 중에서도 마법 실력이 월등한 드래곤이었어."

"그런 월등한 분께서 모르는 것도 참 많으시네."

비아냥거리긴 했어도 리안에게 세이프리드가 어떤 존재인지 라키아는 잘 알고 있었다. 그가 한소리 더 하고 싶은 걸 입술을 삐죽이는 것으로 대신했다.

그 마음을 충분히 알기에 리안도 웃으며 말을 이었다.

"라키, 난 괜찮으니까 걱정하지 마. 잠시 혼란스럽기는 했지만 받아들이기로 했어."

"우린 다 죽고 너만 남을 텐데 괜찮다고? 내가 널 모르냐?"

한두 해도 아니고 수백, 수천 년이었다. 그 긴 세월을 다 떠나보내고 혼자 살아가야 하는 것이다.

가족과 지인뿐 아니라 이름도 모르는 영지민 한 명 한 명에게까지 정을 주는 녀석이었다. 리안은 절대 버텨낼 수 없으리라.

"솔직히 무섭지 않다면 거짓말이야. 방법이 있다면 마지막 한 사람이라도 내 옆에 끝까지 붙들고 싶어."

"후작님은 불가능한 거냐?"

그랜드 마스터의 반열에 오르면서 안 그래도 긴 차이의 수명은 전보다 더 길어졌다.

그것에 기대를 품고 라키아가 물었지만, 리안은 힘없이 고개를 가로저었다.

"아무리 차이라도 한계는 있어."

"혹시 모르는 거잖아. 그쪽도 드래곤의 영향을 받기는 너와 마찬가지고."

"그건 좀 다른 문제야. 차이는 가디언이지, 드래곤이 아니니까."

"이왕 오래 사시는 거 왕창 좀 사시지, 뭐가 그렇게 짧으시다냐? 하여튼 정작 중요할 때 도움이 안 된다니까."

답답함에 구시렁거리긴 했지만, 그것이 라키아의 본심은 아니었다. 그나마 그가 있기에 리안은 덜 외로울 것이다. 다시 한 번 그가 있어서 다행이라는 생각이 들었다.

"내가 오래 살 거라고 너무 단정하지는 마. 예상과 달리 일찍 죽을 수도 있잖아."

"잘도 그러겠다."

"확실한 건 아무것도 없잖아. 그러니 미리부터 염려하지 말자."

리안은 분위기를 바꾸고자 목소리를 한 톤 높였다.

"그리고 차이가 말하길 훗날 나에게도 살아갈 이유가 생길 거래."

"살아갈 이유?"
"응, 의미가 되는 어떤 걸 발견하게 될 거라고 했어."
라키아는 문득 차이를 처음 만났던 날이 떠올랐다.

"왜입니까?"
"뭐?"
"지금껏 세상에 무관심하며 살아왔다고 들었습니다. 그런데 어째서 리안에게는 관심을 두시는 겁니까?"
"……재미가 없었거든."
"……?"
"삶이 무의미했다고 말하면 이해가 되겠나?"
"그 말씀은…… 이제는 삶이 무의미하지 않다는 것입니까?"
"그래, 의미를 찾았거든."

그렇게 말하며 차이는 리안을 보았었다.
'삶의 의미.'
당시에는 이해할 수 없었던 그 말을 이제야 조금 알 것 같았다.
과연 리안도 찾을 수 있을까?
그것이 무엇일지 모르지만, 홀로 남은 리안에게 살아갈 이유만 되어 준다면, 라키아는 지금이라도 두 다리 쭉 뻗고 편히 잠들 수 있었다.

"모든 것은 신이 정한다고 하잖아. 인간인 내게 이런 생을 주신 이유가 분명 있을 거야."

"이제는 신까지 끌어들이냐?"

"복잡하게 생각하지 않겠다는 뜻이야. 아직 먼 미래의 얘기잖아. 우리 지금은 그냥 한순간 한순간을 즐기면서 살자, 라키."

"결론 났네."

그간 라키아의 심기를 어지럽혔던 거에 비하면 싱거운 결말이 아닐 수 없었다.

그러나 애초에 별다른 수가 없다는 건 라키아나 리안이나 아는 사실이었다. 그저 그것을 받아들이는 데에 시간이 필요했을 뿐이다.

실제로 그제야 명치 끝에 걸려 있던 무거운 납덩이가 녹아내리는 느낌이었다.

"그럼 라키, 이제 괜찮은 거지?"

"내가 뭘 어쨌다고?"

뒤늦게 민망함이라도 들었는지 라키아가 능청을 떨며 반문했다. 그때 저택 쪽에서 머리칼을 휘날리며 아사가 정신없이 뛰어왔다.

"리아아아아안!"

어째서인지 그런 녀석도 라키아처럼 상의가 탈의된 상

태였다.

"아사, 옷도 안 입고 무슨 일이야?"

뜨거운 모래사막에서 나고 자란 아사는 추위에 약한 편이었다. 리안은 서둘러 재킷을 벗어 녀석의 어깨에 둘렀다.

"아, 깜박했다! 막 자려던 참이라."

그러고 보니 녀석의 머리도 허전했다. 아무리 급해도 터번은 꼭 챙기던 녀석인데, 대체 뭐 때문에 이토록 호들갑인지 리안은 궁금했다.

"자, 이거!"

재킷 소매에 팔을 집어넣으며 아사가 반으로 접힌 종이 한 장을 내놓았다.

"이게 뭐야?"

급하게 봐야 할 서류인가?

영문도 모른 채 종이를 펴보던 리안의 표정이 다음 순간 대낮처럼 밝아졌다.

"아신 님에게서 온 편지구나!"

"응응! 방금 받은 거야. 원래는 엘이 내일 아침에 전해 주려고 했는데, 내가 깨어 있는 거 보고 지금 주는 거래."

자나 깨나 형의 소식만을 기다리던 아사였다. 엘이 아닌 누구였더라도 도착 즉시 달려가 녀석에게 전달했으리라.

기뻐하는 아사에게서 눈을 떼고 리안은 편지를 읽어 내려갔다.

"거기에 대체 뭐라고 쓰여 있길래, 되다 만 고양이 녀석이 이렇게 흥분한 거냐? 심장 뛰는 소리가 아주 황궁까지 들리겠다!"

편지 하나에 발을 동동거리는 모습이 어딘지 수상했다.

리안의 손에 들린 편지를 라키아가 빼앗듯 가져갔다.

사랑하는 동생 아사에게.

아사, 잘 지내고 있니?

형은 묘인국에 도착하자마자 매우 바쁘게 보냈단다. 밀린 일거리가 어찌나 많은지 제대로 쉴 시간조차 없더구나.

그래도 너를 생각하며 열심히 했으니, 연락이 늦었다고 서운해하지 말았으면 좋겠다.

한차례 태풍이 쓸고 지나간 덕분인지 여기는 더없이 평화로운 분위기란다.

무슨 까닭인지 원로원에서도 아버지와 나의 뜻을 전폭적으로 지지하고 나서는 바람에 앞으로의 일들이 한결 수월하게 진행될 것 같구나.

무엇보다 기쁜 건 아사 너와의 약속을 드디어 지킬

수 있게 되었다는 점이다.

　많이 기다렸지?

　아마 네가 이 편지를 받을 때 즈음이면 우린 준비를 모두 마친 이후일 거다. 내가 직접 사신단을 이끌고 제국을 방문하기로 했다면 믿을 수 있겠니?

　한시라도 빨리 널 만나고 싶은 마음이란다.

　우리의 친구에게 데리러 와주기를 바란다고, 날 대신해서 부탁해주렴.

　너와 그를 다시 볼 날을 손꼽아 기다리고 있겠다.

아신.

"나 참, 간 지 얼마나 됐다고 또 온대? 샤하의 후계자라면서 너무 한가한 거 아니야?"

편지를 다 읽고 난 라키아의 표정이 있는 대로 일그러졌다. 그에게 큰 도움을 받기는 했지만, 여전히 라키아에겐 비호감의 대상이라는 사실에는 변함이 없었다.

"우리 형이 흰머리 너처럼 맨날 놀기만 하는 줄 알아? 묘인국에서 제일 바쁜 사람이 우리 형이라고!"

한껏 들떠 있던 아사가 인상을 쓰며 편지를 획 낚아채 갔다.

"충직한 수하들은 다 뭐 하고 혼자 바빠? 믿을 만한 자가 그렇게 없다냐?"

"흰머리 너보다 백배는 많을걸! 형은 단지 자기 일을 남에게 미루지 않을 뿐이야."

"그래, 바쁘다고 치자. 그럼 거기 처박혀서 일이나 할 것이지, 여기는 왜 오냐? 가뜩이나 쫑알쫑알 시끄러워 죽겠는데 말이야!"

"난 쫑알거린 적 없거든! 그리고 우리 형은 과묵한 편이라고!"

차이와 쌍벽을 이룰 정도로 아신이 말이 없다는 건 라키아도 알고 있다. 하지만 다른 하나는 아사보다 더하면 더했지, 결코 덜하지 않았다.

"되다 만 고양이가 어디 너희 형뿐이냐! 분명 그 자식도 같이 올 거잖아!"

"그 자식이라니?"

생각만으로도 라키아를 짜증나게 하는 존재. 아사는 퍼뜩 누군가 떠올랐다.

"설마 라문 말하는 거야?"

"그럼 누가 또 있냐!"

죄 없는 아사에게 버럭 화를 내더니 라키아가 리안에게 물었다.

"데리러 갈 거냐?"

"응, 그러기로 약속했으니까."

약속도 약속이지만, 아신의 편지에는 사신단이라는 세

글자가 거론되어 있었다. 그것은 이번 방문이 단순히 아사를 만나기 위한 것이 아니라, 국교 수립 후 묘인국이 자발적으로 행하는 첫 움직임이라는 의미였다.

외무대신으로서 리안은 당연히 그들을 기쁘게 맞이해야 할 의무가 있었다.

"부탁 하나만 하자."

"라문 님 빼놓고 오라는 거지?"

"어! 그래 줄 수 있겠냐?"

리안은 자신 없었다. 라문 스스로 안 오겠다고 하면 모를까, 그를 막을 명분이 리안에게는 없었다.

"왜 답이 없어? 못 하겠다는 거야?"

"그게…… 라문 님이 오시겠다고 하면 나도 어쩔 수가…….."

"그러니까 워프 마법 직전에 슬쩍 옆으로 치우면 되잖아! 날 위해 그거 하나 못 해?"

라키아에게는 미안하지만 워프 마법을 목전에 두고 그런 위험을 감수할 수는 없었다. 그것은 리안이 다른 마법사들에게도 무엇보다 강조하는 부분이었다.

"안 하겠다는 거군. 그치?"

리안이 답이 없자 라키아의 음성이 날카로워졌다.

"라키, 안 하겠다는 게 아니라 못 하는 거야. 그러다 잘못되기라도 하면 큰일이라고."

"너 내 친구 맞냐? 생판 모르는 사람 소원도 잘만 들어주더니만, 정작 친구 일은 모른 척하기냐? 됐다, 됐어! 내가 너한테 그거밖에 안 되는 거겠지!"

애써 시간을 내어 풀었던 사이가 원래대로 돌아갔다. 이해가 아주 안 가는 건 아니지만, 무리한 요구를 하는 라키아가 리안은 조금 야속했다.

"야, 흰머리! 너 왜 리안한테 그래? 리안이 무슨 잘못을 했다고!"

보다 못한 아사가 나섰다. 녀석이 곤란해하는 리안을 자신의 뒤로 숨기며 라키아에게 따졌다.

"되다 만 고양이, 넌 그냥 좀 빠져라."

"라문은 내 사촌이야! 묘인국의 원로이기도 하다고!"

"원로가 별거냐?"

"당연하지! 게다가 라문은 토우라서 왕족 다음인데, 대접을 그렇게 하면 안 되잖아? 라문이 그런 취급을 당하고도 흰머리 널 가만히 둘 것 같아? 아마 묘인국에 한 발자국도 못 들어올걸!"

아사답지 않은 꽤 논리적인 설명이었다. 하나 라키아에게는 씨알도 안 먹힐 소리였다.

"누가 거기 또 간대? 전에는 어쩔 수 없이 간 거야. 한심한 네놈 때문에 리안이 죽을 뻔해서 말이지!"

"다치긴 했어도, 그 일로 8서클에도 오르고 드래곤도

만났거든!"

"그래서 되다 만 고양이 네가 잘했다는 거냐? 미안하다고 질질 짤 때는 언제고, 이제 와서 큰소리야?"

"잘했다고는 안 그랬다!"

"그 말이 그 말이지! 너 하나 때문에 죽을 고생 한 게 몇 명인데, 말을 그따위로 해? 내가 아직도 그때만 생각하면 피가 거꾸로 솟거든!"

요새 좀 잠잠하다 싶더니만 역시나 달라진 것은 없었다. 간만에 으르렁거리는 둘을 보니 리안은 반가운 한편 머리가 지끈거렸다.

"공작님!"

엘이 나타난 건 리안이 중재를 포기하고 잠이나 자러 갈까 하는 고민에 휩싸일 때였다. 그녀가 웬 사내를 이끌고 연무장으로 들어섰다.

"뭐야, 저자는?"

연무장은 라키아의 공간이었다. 그가 험악한 시선으로 사내를 훑었다.

"여기 계셨군요. 한참 찾았습니다."

"무슨 일입니까?"

지금은 한밤중이었다.

이 같은 시간에 리안을 찾는다는 건 극히 드문 일이었고, 그렇다는 것은 즉 그만큼 중대한 일이라는 것이었다.

"여긴 치안국에서 나오신 분입니다."

엘은 연유를 말하는 대신 사내를 소개했다. 리안은 그제야 남자가 입고 있는 제복을 알아보았다.

"칼리스타 공작 전하께 인사드립니다. 서부지국에서 나온 아에몬이라고 합니다."

아에몬의 가슴에는 노란 해바라기 한 송이가 수놓아져 있었다. 그것은 그가 서부지국을 책임지는 서장임을 뜻했다.

"바다향기에 문제가 생긴 겁니까?"

치안국은 황도의 치안을 담당하고 있는 기관으로, 동서남북과 중앙, 총 다섯 개의 지국으로 나누어져 있었다. 리안이 운영하는 칼리스타 뱅크와 바다향기는 그중 서부지국이 관할하는 곳이었다.

뱅크는 한참 전에 문을 닫았을 시간이니, 문제가 터졌다면 바다향기일 게 분명했다.

"예, 공작 전하. 신고를 받고 갔으나, 저희 지국에서 해결할 수 있는 사건이 아니기에 늦은 시각임에도 불구하고 이렇게 찾아뵈었습니다."

"얼마나 대단한 자들이길래 치안국에서 해결을 못 해?"

황실의 절대적 지지를 받고 있는 탓에 오늘날의 치안국은 웬만한 귀족들도 함부로 대하지 못하는 곳이었다. 자연 말썽의 주인이 누구일지 큰 관심이 쏠렸다.

"혹시 타운젠드 공작 측 인물인가?"

라키아를 알아본 아에몬이 고개를 조아리며 대답했다.

"양측 모두 제국민이 아닙니다."

"허면 외국인이라는 건가?"

"예, 그렇습니다."

외국인이라도 문제를 일으켰다면 차별 없이 처벌하는 것이 제국의 법이었다. 요즘 같이 황도에 많은 외국인이 몰리는 시기에 서장이라는 자가 그것을 모르지는 않을 터. 그것은 곧 외국인의 신분이 결코 평범하지 않다는 얘기였다.

"어느 나라 사람입니까?"

"플라헤티 왕국과 아리아드나 왕국입니다."

"앙숙이 만난 게로군."

분단된 지 이십여 년 만에 국교가 맺어졌다고는 하나, 앙금은 그리 쉽게 사라지지 못했다.

황도에서 문제를 일으키는 대부분의 외국인이 그들인 것을 볼 때, 제바 제국의 부활은 당분간 어려울 것으로 보였다.

"그들의 이름은요?"

리안은 외무대신이었다. 아에몬의 굳은 얼굴로 보아 양국 모두 쟁쟁한 귀족임이 틀림없었다.

"나에리스 혼 라반테, 마르셀라 폰 르블랭입니다."

"누구라고요?"

리안은 깜짝 놀랐다. 전혀 예상 밖의 이름이었기 때문이다.

"엘, 제가 짐작하는 그들이 맞습니까?"

"……그런 것 같습니다."

리안은 미간을 찌푸렸다.

"그들이 여기엔 언제 도착한 거죠? 아니, 그보다 어째서 제가 보고받지 못한 겁니까?"

"이제 막 당도한 듯했습니다."

"즉시 알아보도록 하겠습니다."

대신 답하는 아에몬을 힐긋거리며 엘이 급히 저택을 빠져나갔다.

"오자마자 싸움이라니, 열혈 공주님들이군요."

"공주?"

어딘지 낯익은 이름에 인상 쓰고 있던 라키아가 불현듯 눈을 번쩍 떴다.

"맞아! 라반테, 르블랭. 모두 양국의 왕실 가문이지? 헐! 두 왕실의 공주가 붙은 건가?"

"가보시면 아시겠지만, 흡사 전쟁이라도 불사를 듯한 기세입니다."

아에몬의 말은 과장이 아니었다. 타국의 왕족이니만큼

최대한 정중하게 예의를 차려 무마시키려 하였지만, 어린 두 공주를 감당하기가 난폭한 죄수들보다도 어려웠다.
 분단된 왕국의 철없는 두 공주의 싸움.
 오늘은 왠지 리안에게 긴 밤이 될 것 같았다.

제9화

작은 소란

 리안이 바다향기에 도착했을 땐 일 층에 손님이 한 명도 없었다. 일주일에 한 번 쉬는 날을 빼고는 늘 새벽까지 영업해야 할 정도로 북적거리던 홀이 텅 비어 있자 리안의 이마에 절로 주름이 갔다.
 이 층도 사정은 같았다. 빈 테이블과 할 일 없는 종업원만이 리안을 맞았다.
 "자칫 큰 사고로 번질까 싶어 식사 중이던 손님들을 내보내고, 출입도 통제하라 지시하였습니다."
 리안의 표정 변화가 신경이 쓰였는지 뒤따르던 아에몬이 언급했다.

충분히 이해할 수 있었고, 당연한 일 처리였기에 리안은 고개를 끄덕이며 삼 층으로 올라갔다.

"오셨습니까."

먼저 출발했던 엘이 계단의 중간에서 리안을 기다리고 있었다. 그녀가 대치 중인 인원이 얼마나 되는지 서둘러 간략하게 보고했다.

"다행히 걱정할 정도는 아니군요."

다 듣고 난 리안은 일단 안도했다. 그 정도라면 싸움이 벌어져도 리안이 충분히 제어할 수 있었다.

"각국에 초대장을 보낼 때 규모를 제한한 덕분입니다."

리안이 마법사들과 함께 심혈을 기울여서 준비 중인 워프 게이트 사업은 곧 개통식을 앞두고 있었다.

그에 우선하여 대륙의 각 나라에 개통식 참여를 부탁하는 초대장을 발송하였는데, 플라헤티 왕국과 아리아드나 왕국도 그중에 포함되어 있었다.

"싸움의 발단은요?"

당사자들을 만나기 전 간단히 이유라도 알고자 리안이 물었다. 그런데 갑자기 엘이 답하기를 망설이며 우물쭈물했다.

"엘?"

"뭔데 말을 못 해?"

불구경 다음으로 재밌는 것이 싸움 구경이라고 했다. 자러 들어간 아사와 달리 리안을 따라온 라키아가 이상하다는 듯 엘을 쳐다봤다.

"저, 그게······."

"괜찮으니 말씀하세요."

그녀가 난감해한다는 건 리안이 연관되어 있을 가능성이 높았고, 그렇다면 더더욱 먼저 알아야 할 필요가 있었다.

결국 엘이 입이 열었다.

"양쪽 모두 바다향기가 자신의 것이라고 주장하고 있습니다."

"그건 또 무슨 헛소리야?"

바다향기는 엄연히 리안이 운영하는 사업체였다. 그걸 모르는 제국민은 아마 없을 것이다. 그것은 외국인이라 해도 마찬가지였다.

엘의 설명은 이러했다.

"바다향기는 공작님의 것이다. 그리고 난 공작님과 혼인을 약속한 사이다. 남편의 것은 아내의 것이니, 고로 바다향기도 나의 것이다. 뭐, 대충 이렇게 시작이 된 것입니다."

"그러니까 뭐야, 두 공주 모두 리안과 결혼할 사이라고 뻥을 치고 있다는 거야?"

"그게 또 아주 거짓말은 아닙니다."

"뭔 말이야, 그건?"

거짓이면 거짓이지, 아주 거짓은 아니라니?

설마 리안이 자기도 모르게 결혼이라도 한다는 소린가?

엘을 향한 라키아의 눈매가 사납게 휘어졌다.

"양국 모두 이번 방문에서 자국의 공주와 공작님과의 혼사를 제안할 예정이라고 합니다. 마침 나에리스 공주와 마르셀라 공주 둘 다 방년 19세로 결혼 적령기에 들었습니다."

"공주는 보통 신분이 비슷한 왕족에게 시집을 보내지 않던가요?"

"이례적인 경우이긴 하나, 전혀 없던 일은 아닙니다. 그리고 독신이신 공작님께선 현재 대륙에서 가장 인기 있는 신랑감으로 꼽히고 계십니다."

조금도 기쁘지 않은 소식이었다. 리안의 혼사 문제는 어머니인 오웬조차도 두 손 놓고 포기한 상태였다. 겨우 벗어나 자유를 누리고 있었는데, 이제 상관도 없던 먼 나라에서 압박을 해오려 한다.

그 모두를 거절할 생각을 하니 리안은 벌써부터 두통이 몰려오는 듯했다.

"어째 리안 너의 인기는 식을 줄 모르는구나. 이거 부러워 죽겠는데?"

"지금 그게 부러운 얼굴이야?"

"어, 나 막 부러워하는 거 안 보이냐?"

"내 눈엔 놀리는 걸로 보이니까 그만 해."

평소 화내지 않던 사람이 화를 내면 더 무서운 법이다. 리안이 정색하자 라키아가 바로 꼬리를 내리며 입을 닫았다.

"엘, 그밖에 제가 알아야 할 사항은 없습니까?"

차가워진 리안의 목소리에 엘이 덩달아 눈치를 살피며 답했다.

"공주들의 성격을 아시면 상대하기가 조금 편하실 것 같아 여기 적어왔습니다."

리안이 무미건조한 시선으로 두 공주의 신상을 읽어 내려갔다.

나에리스 혼 라반테.

나이 19세.

아리아드나 왕국의 장녀.

빼어난 미모 탓에 왕국 최고의 미녀라 불림.

청순한 외모와 달리 술을 좋아하고, 매주 직접 파티를 주최할 정도로 지독한 파티광.

어린 시절부터 현왕인 아버지의 총애를 듬뿍 받고 자라서

인지 뭐든 제멋대로 구는 경향이 있음.

갖고 싶은 것이 있으면 전부 가져야 할 정도로 소유욕도 강하다.

키가 큰 남성을 좋아한다.

마르셀라 폰 르블랭.
나이 19세.
플라헤티 왕국의 차녀.
아홉 살 때부터 아버지를 속이고 검술을 배웠다.
남자와 비교해 체력적으로 열세지만, 다양한 기술과 응용력으로 웬만한 기사 못지않은 실력을 지님.
실외 활동에 적극적이고 특히 사냥에 일가견이 있음.
드레스보다 무복을 즐겨 입으며, 파티에 참석하기를 병적으로 싫어한다.
자신보다 강한 남자가 이상형이다.

신분과 나이는 같을지 모르나 공교롭게도 성격은 정반대였다.

그나마 불행 중 다행인 것은 두 공주가 원하는 남성상이 리안과 거리가 멀다는 점이었다.

리안은 키가 크지도 않았고 검술은 알지도 못했다. 여기에 적힌 대로라면 그녀들은 리안이 아니라 라키아에게 반해야 했다.

"가죠."

더 이상 지체하다간 아침이 돼서야 잠자리에 들지도 모른다. 리안은 수첩을 엘에게 넘기고 다시 계단을 올랐다.

* * *

나에리스와 마르셀라.

두 소녀가 허리를 꼿꼿이 세운 채 서로를 노려보았다.

그녀들의 신분을 아는 이가 본다면 응당 나라 간의 문제 때문이라 여기겠지만, 실상은 전혀 달랐다.

이미 작년에 한 번 만났던 적이 있는 그녀들은 상대를 처음 본 순간부터 마음에 들어 하지 않았다. 둘은 하나에서부터 열까지 비슷한 구석이 조금도 없었다.

나에리스 공주가 천상 여자라면, 마르셀라 공주는 씩씩한 여장부였다.

등을 덮는 화려한 백금발에 투명한 옥구슬 같은 눈동자를 소유한 나에리스의 미모는 왕국의 최고 미녀라는 수식어에 걸맞게 대단한 아름다움을 뿜어냈다.

드러난 하얀 피부도 잡티 하나 없이 맑고 깨끗했으며, 부드럽게 굴곡진 몸매는 여성으로서의 최고 매력을 가감 없이 노출했다.

반면 평상시처럼 치렁한 드레스가 아닌 무복을 입고 있는 마르셀라 공주는 알맞게 볕에 그을린 건강한 피부색을 지닌 소녀였다.

다소 마른 편이었지만 검술로 다져진 늘씬한 몸매가 옷의 맵시를 살렸고, 까만 눈동자에는 에너지가 넘쳤다.

허리까지 내려오는 그녀의 긴 생머리는 먼 조상이 다크 엘프라는 설이 있는 르블랭 왕가의 여식답게 진한 바이올렛 빛을 띠고 있었다.

"그만 여기서 물러나는 게 어때?"

나에리스가 조금 전 했던 말을 다시 반복했다. 그녀는 제국까지 오기가 제법 긴 여정이었을 텐데도 별로 지친 기색이 아니었다.

"너야말로 이만 일어나지그래?"

피곤함을 찾아볼 수 없는 건 마르셀라 공주 역시 마찬가지였다. 그녀가 코웃음을 치며 되받자 나에리스가 빈정거렸다.

"아침 일찍 수련인지 뭔지 하려면 잘 시간 아니니? 왜, 너 이전에 너희 오빠 따라 우리나라에 왔을 때도 10시 땡 하면 잠들었잖아. 무슨 어린애도 아니고 말이야."

"건강한 숙면 시간은 오후 10시부터라는 말도 넌 못 들어봤니? 하긴, 너 같은 파티광이 그걸 알 리가 없지."

두 왕국의 국교가 전격적으로 수립되었던 작년, 마르셀

라는 사신단의 대표였던 큰 오빠를 따라 아리아드나 왕국을 방문했다.

앙숙인 두 나라였지만 그것은 그녀들이 태어나기 이전의 일이었고, 동갑의 친구가 있다는 사실에 둘은 내심 설레며 기대했었다.

하지만 그들은 물과 불처럼 달라도 너무 달랐다. 둘은 서로가 싫어하는 점을 신기할 정도로 나누어 가지고 있었다.

"파티를 좋아하는 게 어때서? 사람들과 어울리며 춤추고 노래하는 게 뭐가 나빠?"

"흥청망청 술 퍼마시고 의미 없는 수다를 떨며 노는 게 나쁘지 않다면, 대체 뭐가 나쁜 걸까? 그 모두가 국민들이 낸 세금으로 이루어진다는 건 알고나 있는 거니?"

나에리스를 향한 마르셀라의 눈동자에 혐오감이 떠올랐다. 그러나 나에리스는 당당했다.

"혼자 똑똑한 척하는 건 여전하구나. 넌 파티에 참석한 사람들이 모두 아무 생각 없이 노는 줄만 알지?"

"그럼 아니니?"

"당연히 아니지. 사교 활동을 통해 얻는 것이 얼마나 많은지 알면 깜짝 놀랄걸? 특히나 우리 같은 사람들에겐 그곳이 곧 일터라고."

"뭐? 일터?"

나에리스의 기막힌 비유에 마르셀라가 혀를 찼다.

"너 일이라는 걸 해본 적은 있니?"

"내 말뜻을 이해하지 못하는 걸 보니 마르셀라 너 아직 순진하구나? 아니다. 그냥 멍청한 건가?"

마지막은 혼잣말처럼 중얼거렸으나 홀이 울릴 정도의 큰 목소리였다. 모욕감을 느꼈지만 마르셀라는 흥분하지 않고 차분히 응수했다.

"너희 왕국에선 예절 교육도 하지 않는 거니? 공주가 되어서 그런 상스러운 말을 하다니, 내가 다 민망하다."

"누가 듣는다고? 여긴 너 말고 나뿐이잖아?"

"여기 기사분들은 사람 아니니?"

"내가 잘 보일 필요는 없는 사람들이지."

참으로 간단명료한 논리였다. 마르셀라가 한숨을 내쉬다가 말했다.

"내가 충고 하나 할까? 칼리스타 공작님은 아랫사람을 대할 때도 예절을 몹시 중시하는 분이라고 들었어. 그러니 그분 앞에서는 너의 본심을 드러내지 않는 게 좋을 거야."

"뭐라고? 하핫!"

어이가 없다는 듯 나에리스가 크게 웃었다.

"마르셀라, 내게 충고하기 이전에 너부터 정신 차리는 게 어떠니? 아까부터 말하고 싶었던 건데, 칼리스타 공작님이 널 좋아할 것 같아?"

"무슨 의미야?"

"지금 네 꼴을 봐. 화장은커녕 드레스조차 입지 않았잖아. 대체 어떤 남자가 널 원하겠니? 너희 왕국에서는 네가 이 몰골로 돌아다녀도 정말 아무도 뭐라 하지 않는 거니? 난 도무지 이해가 안 간다."

마르셀라의 가장 큰 약점을 나에리스가 끄집어냈다. 워낙에 고집불통이라서 끝내 그녀의 뜻을 꺾을 수 없었지만, 그녀의 아버지는 여전히 마르셀라를 못마땅해하고 있었다.

어머니와 큰 오빠만이 오로지 그녀의 편이었고, 작은 오빠와 언니, 여동생은 그녀만 보면 불만을 터뜨리기 일쑤였다.

마르셀라가 말이 없자 나에리스가 그것 보라는 듯 덧붙였다.

"한 가지 더 중요한 사실을 알려줄까? 남자들은 말이지, 아름답게 치장한 여인이 옆에 있을 때 자신감이 상승한다고 해. 여인 자체가 하나의 자랑거리가 되는 셈이지."

그녀가 마르셀라를 쭉 훑어내렸다.

"만일 내가 남자라면 창피해서 넌 데리고 다니지 못할 것 같아."

마르셀라가 예쁜 얼굴이라는 건 나에리스도 인정했다. 하지만 어떤 남자라도 지금의 마르셀라를 본다면 절대 이성으로서의 매력을 느낄 수 없었다.

정신 나간 사내가 아니고서야, 어느 누가 선머슴 같은 여자를 좋아하겠는가?

적어도 나에리스가 아는 한 그런 남자는 세상에 없었다.

"……."

타의가 아닌 자의에 의해 현재의 모습을 하고 있는 마르셀라지만 굴욕감이 드는 것은 어쩔 수 없었다. 보통의 여인들과 취향이 다르다고 해서 그녀가 여자가 아닌 것은 아니기 때문이다.

사실 그녀는 혼사 따위엔 별로 관심도 없었다. 아버지의 명이 있었으나, 이미 대표로 온 큰 오빠와 없던 일로 하기로 얘기를 마친 상태였다.

바다향기에 온 것은 해산물의 맛이 궁금해서였고, 결혼 얘기는 먼저 도착한 나에리스가 주인 행세를 하며 나가라고 하는 통에 욱한 나머지 내뱉은 것이었다.

나에리스가 믿을지 모르겠지만, 리안이 혼인하자고 조른대도 마르셀라가 거절할 판이었다.

"말이 너무 심하군."

제삼자의 음성이 들린 것은 그때였다. 호위기사들 너머

로 누군가 끼어들었다.

"누구시죠?"

기사들이 물러섰다. 그리고 그 틈 사이로 라키아가 걸어 들어왔다.

저벅저벅.

나에리스의 눈을 사로잡은 건 남자의 큰 키였다.

아리아드나 왕국은 여성에 비해 남성의 키가 작은 편이었다. 라키아처럼 키가 큰 남자를 그녀는 본 적이 없었다.

"당신도 치안국 소속인가요?"

라키아가 말을 않자 나에리스가 다시 물었다. 조금만 주의를 기울였더라면 제복 차림이 아닌 것을 알아보았겠지만, 지금 그녀에게는 라키아의 긴 다리만이 보일 뿐이었다.

"카, 칼리스타 공작님!"

그때 별안간 마르셀라가 소리쳤다. 그녀의 난데없는 외침에 나에리스가 고개를 돌리는 순간, 황금빛 광채와 함께 리안이 나타났다.

"하아······!"

여기저기서 탄성이 쏟아졌다. 무성한 소문 탓에 익히 알고는 있었지만, 놀라움은 전혀 반감되지 않았다.

리안의 숨 막히는 자태에 두 소녀는 할 말을 잃었다.

아에몬의 어떤 말에도 꿈쩍 않던 양국의 기사들도 무기를 내려놓으며 길을 비켰다.

신비한 빛 때문일까.

말로는 설명할 수 없는 거부하기 힘든 무언가가 리안에게서 느껴졌다.

"아드리안 폰 칼리스타 공작입니다."

다가온 리안이 두 소녀에게 자신을 소개했다.

"아리아드나 왕국의 나에리스 혼 라반테 공주입니다."

"플라헤티 왕국의 마르셀라 폰 르블랭입니다."

리안의 갑작스러운 등장으로 머리가 멍했지만, 각국의 공주답게 그녀들이 예의를 차려 인사했다.

"실례가 안 된다면 저도 앉아도 되겠습니까?"

"네, 그럼요. 이쪽에 앉으세요."

나에리스가 재빨리 자신의 옆을 리안에게 내줬다. 방금 전 마르셀라를 대할 때와는 다른 무척이나 상냥하고 나긋나긋한 음성이었다.

"감사합니다."

내키지는 않으나 마땅히 거절할 이유가 없기에 리안은 그녀가 권하는 대로 자리를 잡고 앉았다.

"그럼 난 여기에 앉을까."

그들의 자리는 넓긴 해도 의자가 넷뿐인 4인석이었다. 라키아가 리안의 맞은편이자 마르셀라 공주의 옆에 묻지도 않고 털썩 주저앉았다.

리안을 곁에 앉혔다는 뿌듯함으로 가득 차 있던 나에리스가 그런 라키아를 불쾌하다는 듯 쳐다봤다.

"그쪽은 아직 내 질문에 답하지 않은 것 같은데요?"

"아, 이쪽은……."

"라키아 디 로드리게즈."

나에리스를 곧게 응시하며 라키아가 이름을 밝혔다. 타국의 공주를 대하기에는 무례하다 싶을 정도의 짧은 말이었다.

그러나 라키아를 바라보는 두 공주의 얼굴에선 불쾌함이라고는 찾아볼 수 없었다. 오히려 그들은 매우 놀란 눈치였다.

그도 그럴 것이 죽은 줄 알았던 천재 검사가 5년 만에 살아 돌아온 얘기는 그들 왕국에서도 너무나 유명했기 때문이다.

분위기상 평범한 자는 아닐 거라고 내심 짐작은 했지만, 라키아의 정체에 그녀들은 진심 깜짝 놀랐다.

'으악, 어떡해!'

특히나 마르셀라는 제정신이 아니었다. 잠자고 있던 그녀의 심장이 무섭도록 세게 두방망이질 쳤다.

아닌 게 아니라 어린 시절 라키아는 그녀의 우상이었다. 열여섯에 소드 마스터가 되었다는 그의 소식을 듣고 마르셀라는 처음 검을 들었다.

그녀의 나라에도 소드 마스터가 있었고, 심지어 그들에게 직접 배움을 받을 기회도 있었지만, 유독 라키아만이 그녀를 자극했고 감흥을 일으켰다.

그가 죽었다는 얘기를 전해 들었을 땐, 충격으로 사흘 밤낮을 먹지도 않고 자지도 않은 채 방 안에 틀어박혀 가족들을 애타게 한 적이 있을 만큼 푹 빠져 있던 그녀였다.

마르셀라에게 있어서 라키아는 언제나 바라던 꿈의 이상형이었다.

"바다향기 문제로 치안국에서 찾아왔을 때, 마침 라키와 함께 있던 참이라 같이 오게 되었습니다. 도착하기 전까지는 사고라도 난 줄 알고 크게 걱정을 했었는데, 두 분께서 이렇게 담소 중이셨군요. 별일 아니어서 참으로 다행입니다."

리안의 말이 끝나기도 전, 두 소녀의 볼이 약속이라도 한 듯 붉게 달아올랐다. 리안의 등장에 놀라 정작 그가 왜 왔는지는 생각하지 못하고 있었던 것이다.

부끄러움이 물밀듯 몰려오며 둘을 당혹게 했다.

"식사는 어떠셨는지 궁금하네요. 두 분 입에는 맞으셨습니까?"

그녀들이 말이 없자 리안이 자연스레 화제를 음식으로

돌렸다. 아드등거리며 싸우느라 해산물은 구경도 못 한 둘이기에 당연히 리안에게 대답해 줄 말이 없었다.

삼 층에 오르기 전 이미 안 사실이지만, 리안은 짐짓 모른 척 그녀들에게 물었다.

"혹시 아직 맛을 보지 못하신 겁니까?"

"네······."

다소 소극적인 태도로 그녀들이 답하자, 리안이 대기하고 있던 제프리온을 손짓으로 불렀다.

"주방에 남아 있는 요리사가 있습니까?"

"모두 아직 퇴근 전입니다."

가게가 이 난리인데 무슨 마음으로 돌아갈 수 있었겠는가. 소식을 듣고 비번이었던 직원들까지 아래층에 다 모여 있었다.

"잘됐네요. 오늘 남은 재료 중 가장 싱싱한 것들로 푸짐하게 한 상 부탁할게요. 모두 합치면 인원이 꽤 될 텐데, 가능하겠죠?"

"물론입니다. 잠시만 기다려 주십시오. 당장 준비토록 하겠습니다."

저녁 장사를 망친 탓에 주방에 재료는 차고 넘쳤다. 제프리온이 믿음직스럽게 답하더니 서둘러 밑으로 내려갔다.

"두 분을 뵌 기념으로 제가 내는 것이니, 모두 편하게 드셨으면 합니다."

 검을 치우기는 했지만, 양국의 기사들은 아직 대치 상태였다. 각국의 내로라하는 기사들이 불꽃을 튀겨가며 마주 서 있는 이유가 어린 공주들의 철없는 기 싸움 때문이라니, 리안은 다시 생각해도 참 어처구니가 없었다.

"누나!"

"마르셀라!"

 리안의 청에 기사들이 머뭇거릴 때였다. 앳되고 굵직한 음성이 찰나를 사이로 끼어들었다.

"왕자 전하 오셨습니까."

"왕세자 전하를 뵈옵니다."

 대치 중이던 기사들이 황급히 몸을 숙이며 그들의 주군을 향해 예를 표했다.

"너 괜찮은 거야?"

 치안국에서 리안에게 도움을 요청할 때, 각국의 사절단에도 작금의 상황이 전달되었다. 양쪽 모두 소식을 듣자마자 부리나케 달려왔는지 셔츠의 앞자락이 제대로 채 여며져 있지 않았다.

"어, 오빠. 나 괜찮아."

 한 이십 대 중반쯤 되었을까?

 동생을 살피는 플라헤티 왕국의 왕세자, 아릴라우드의 눈에 그제야 안도감이 피었다.

쌍둥이라고 해도 믿을 정도로 똑 닮은 그들은 누가 보아도 서로를 끔찍이 여기는 오누이가 분명했다.

그에 반해 아리아드나 왕국의 남매는 어쩐지 분위기가 조금 이상했다.

나에리스를 찾아온 건 발표회를 통해 이미 리안과 한 번 만났던 적이 있는 피세르였는데, 그는 폭발하기 직전의 얼굴이었고, 나에리스는 그런 동생의 시선을 피하기에 급급했다.

분노로 피세르의 정신이 아득해지려는 순간이었다.

"피세르 왕자 전하."

리안의 부드러우면서도 힘 있는 음성이 그를 붙들었다. 덕분에 피세르는 겨우 진정하며 이성을 되찾았다.

'침착하자. 여기서 이러면 안 돼.'

마음 같아선 욕을 한 바가지 퍼부어주고 싶었지만, 미우나 고우나 그의 누나였고, 그들은 일국의 왕자와 공주였다. 왕족으로서 지켜야 할 체통이 있다는 것에 그의 누나는 두고두고 감사해야 할 것이다.

"칼리스타 공작님."

피세르가 이제까지와는 다른 환한 얼굴로 리안을 향해 돌아섰다. 물론 그전에 누나의 귀에 아주 작게 속삭이는 것도 잊지 않았다.

"돌아가면 아버지께 이를 거니까 각오해."

＊　　　＊　　　＊

 예상치 못한 합석이 이뤄졌다. 가볍게 식사 대접만 하고 몸을 뺄 생각이었던 리안은 본의 아니게 양국의 대표와 인사를 나누게 되었다.

 테이블을 옮기자마자 아릴라우드 왕세자가 리안에게 사죄했다.

 "초면에 폐를 끼치고 말았습니다. 동생이 철이 없어 그런 것이니, 부디 너그러운 마음으로 이해해 주십시오. 부끄럽습니다."

 "아닙니다. 덕분에 이렇게 왕세자 전하도 뵐 수 있게 되지 않았습니까. 오늘 일은 괘념치 마십시오."

 "언제 본국에 들러주시면 귀하게 모시겠습니다. 심려를 끼쳐드려 다시 한 번 죄송합니다."

 리안이 누차 괜찮다는데도 아릴라우드 왕세자가 계속 사죄했다. 거기에 지지 않겠다는 듯 피세르까지 합세했다.

 "저도 누나를 대신해서 사과드리겠습니다. 저희 누나 또한 아직 철이 없어 그런 것이니 칼리스타 공작님께서 관대히 여겨주십시오."

 치기 어린 마음으로 잠시 질투를 했었지만, 발표회에서

보여준 리안의 모습은 피세르로 하여금 존경심을 불러일으켰다.

그를 다시 만나게 된다면 좋은 인상을 심어주리라 다짐을 하였는데, 사리분별 못 하는 누나 때문에 말짱 황이 되고 말았다. 어려서나 커서나 정말 인생에 도움이 안 되는 누나였다.

"별 사고 없이 마무리되었으니 신경 쓰지 마십시오. 지금은 그저 해산물이 입에 맞기를 바랄 뿐입니다."

제프리온의 빠른 지시로 음식들이 속속 올라오고 있었다. 알맞은 크기로 모양 좋게 썰린 해산물은 늦은 밤임에도 불구하고 일행의 식욕을 자극했다.

"바다향기의 명성은 본국에도 널리 알려져 있습니다. 안 그래도 며칠 내로 와볼 예정이었는데, 오늘 이렇게 기회가 왔군요. 감사히 잘 먹도록 하겠습니다."

아릴라우드 왕세자는 체면 차리지 않고 식사를 시작했다. 앞서 바다향기의 맛을 본 적이 있는 피세르 또한 빼지 않고 자신의 접시에 취향껏 해산물을 옮겨 담았다.

오랜 시간을 긴장된 상태로 있느라 기운을 뺀 양국의 기사들은 맛깔스러운 해산물을 보자 정신없이 먹기 바빴다.

시장이 반찬이라는 말도 있지만, 입안에서 살살 녹는 해산물의 맛이 기가 막혔다. 종업원들이 접시를 내려놓기가 무섭게 음식들이 사라졌다.

하지만 여자로서 먹기가 부담스러운 시간대여서일까. 나에리스와 마르셀라 공주만이 별다른 움직임이 없었다.

그녀들을 위해 리안이 설명해 주었다.

"해산물이 영양가도 높지만, 특히나 피부 미용에 좋다고 합니다. 다른 음식들에 비해 살도 찌지 않으니 안심하시고 드십시오."

"아, 네……."

"이것과 함께 드시면 더욱 맛이 좋을 겁니다."

절인 채소가 담긴 그릇을 리안이 손수 그녀들의 앞에 놓아주었다. 하지만 어째선지 두 공주 모두 선뜻 식사를 시작하지 못했다.

"술이 없어서 그런가?"

원래도 잘 먹는 라키아지만, 수련을 막 끝낸 직후여서인지 다른 날보다 먹성이 대단했다. 그가 잘게 썰어낸 생선살을 한꺼번에 입으로 털어 넣으며 종업원을 불렀다.

"여기 기네스 있지?"

"예, 백작님. 가져다 드릴까요?"

"있는 대로 전부 가져와. 괜찮지?"

마지막은 리안에게 묻는 것이었다. 기네스가 창고에 얼마나 있을지 모르지만, 어차피 제프리온이 알아서 통제할 것이기에 리안은 순순히 고개를 끄덕였다.

"별로 많지도 않네."

종업원이 가져온 쟁반에는 총 열 병의 기네스가 담겨 있었다. 라키아가 그중 하나를 손에 쥐고 익숙한 동작으로 뚜껑을 땄다.

펑—!

크고 시원한 소리가 실내에 울려 퍼졌다. 라키아가 투명한 유리컵에 기네스를 가득 따르고는 나에리스 공주 앞으로 내밀었다.

"이게 뭐죠?"

"기네스라는 술입니다. 제국의 남쪽에서 생산되는 매우 귀한 술이죠."

"저보고 지금 이걸 마시라는 건가요?"

식사도 하기 전에 술부터 권하는 것은 매너가 아니었다. 평소 술을 좋아하고 즐기는 편이기는 하나, 초면에 다짜고짜 술부터 들이미는 라키아의 태도는 그녀로 하여금 언짢은 마음을 들게 했다.

"싫습니까?"

라키아의 입꼬리가 한쪽으로 말려 올라갔다. 그것이 어쩐지 자신을 도발하는 것 같아서 나에리스는 울컥했다.

라키아가 부러 말을 보탰다.

"다시 생각해 보니 권하지 않는 게 낫겠습니다. 맛과 향이 좋긴 하지만, 이게 어지간한 술꾼도 버텨내지 못할 정도로 독한 술이거든요. 여성이 마시기에는 아무래도 무리일 듯합니다."

"그거 내려놓으세요!"

라키아가 잔을 가져가려 하자 나에리스가 급히 외쳤다. 그녀가 한차례 라키아를 쏘아보더니 쉬지도 않고 단숨에 기네스를 들이켰다.

'뭐가 이렇게 뜨거워!'

속에선 비명이 터졌지만 절대 겉으로 드러낼 수는 없었다.

탁!

그녀가 컵을 탁자에 세게 내려놓으며 도전적으로 턱을 치켜들었다.

"이젠 당신 차례에요."

"대결을 하자는 겁니까?"

"먼저 시작한 건 그쪽 아닌가요?"

"그럴 의도는 아니었는데…… 뭐, 원한다면야."

술만 마셨다 하면 이상할 정도로 도전을 받는 라키아였다. 지기 싫어하는 그의 성격상 상대가 여자라고 봐주는 일은 없었다.

"누나."

"왜!"

피세르가 말리려 시도해봤지만, 이미 독이 오를 대로

오른 나에리스에게는 동생의 경고도 협박도 눈에 들어오지 않았다.

리안 또한 그러지 말라며 라키아에게 눈치를 보내봤지만 당연히 별 효과는 없었다.

팽팽한 분위기 속에서 라키아가 기네스를 따랐다. 보라색 액체가 쪼르르 소리를 내며 투명한 잔을 채웠다.

"저도 껴 주세요!"

그때 잠자코 있던 마르셀라가 자신의 컵을 앞으로 밀었다.

"마르셀라?"

가장 놀란 건 그녀의 오빠인 아릴라우드 왕세자였다. 술이라면 입에도 대지 않던 동생이 갑자기 이러는 까닭이 무엇인지 그의 표정이 가늘어졌다.

"생각보다 독할 텐데, 괜찮겠습니까?"

나에리스를 대할 때와는 완전히 다른 태도였다. 특유의 무뚝뚝함이 배어 있기는 하였지만, 상대를 향한 염려를 리안은 느낄 수 있었다.

'홋.'

리안은 왠지 조금 알 것 같았다. 검을 쥐는 사람으로서 여자의 몸으로 검술을 익힌 마르셀라가 라키아에겐 대견해 보인 것이리라.

거기에 꾸미지 않았다는 이유로 수모를 당하는 꼴을 보

았으니, 속이 뒤틀리지 않았다면 아마 라키아가 아닐 것이다. 그는 지금 괜한 시비를 거는 것이 아니었다.

"더 독한 것도 자신 있어요."

솔직히 자신은 없었다. 하지만 그런 속내를 라키아에게 들키고 싶지 않았다. 취해서 정신을 놓는 한이 있더라도 마르셀라는 끼고 싶었다.

이유는 그녀로서도 아직 정의를 내릴 수가 없었다. 그저 우상인 라키아가 나에리스와 단둘이 어울리는 것이 싫었다.

"그렇다면 기꺼이."

라키아가 빙긋 웃으며 그녀의 잔에도 기네스를 따랐다. 그 미소에 마르셀라의 볼에 홍조가 피었고, 그 둘을 지켜보던 나에리스는 원인 모를 분노를 느꼈다.

그녀가 제안했다.

"술 대결에서 내기가 빠지면 재미없지 않겠어요?"

"내기?"

"왜 그런 거 있잖아. 진 사람이 이긴 사람의 소원 들어주기 같은 거."

'또 시작이군.'

술고래에 파티광인 나에리스의 또 다른 별명은 내기왕이었다.

주로 적당히 취했을 때 나오는 버릇인데, 오늘은 뭐가

마음에 안 드는지 초장부터 야단이었다.

'그래, 네 멋대로 해봐라.'

피세르는 이제 말릴 생각조차 들지 않았다. 말린다고 들을 누나도 아니었고, 그 또한 인내심이 그리 강한 편도 아니었다.

어디 해볼 테면 해보라는 듯 그가 팔짱을 끼며 의자에 등을 기댔다.

"어떤 소원인지 미리 말해야 해?"

"아니, 그러면 재미없지. 그런 건 원래 몰라야 더 스릴 있으니까."

"좋아, 하자!"

라키아의 앞에서 약한 모습은 보이지 싫지 않았다. 무엇보다 꼭 이겨서 가소롭다는 듯 웃고 있는 나에리스의 저 얼굴을 무너뜨리고 싶었다.

"당신은요?"

"어떤 내기든 상관없습니까?"

"당연하죠."

"당장 고국으로 돌아가라는 것도 말이죠?"

나에리스의 성질을 돋게 하려는 거라면 적중했다. 아무리 농담처럼 뱉은 말이라지만, 현 상황에서 나에리스에겐 거의 모욕과도 같았다.

'당신 꼭 이기고 말겠어!'

나에리스는 대답 대신 입술을 깨물며 이를 갈았다. 그가 얼마나 대단한 사내일지 몰라도 술이라면 누구에게도 지지 않을 자신 있었다.

매일 밤마다 파티에 참석해 술을 끼고 사는 그녀가 아닌가. 잠시 후면 분명 눈앞의 이 밉살맞은 남자 또한 다른 이들처럼 자신에게 무릎을 꿇게 되어 있었다.

"그럼 나부터 마시도록 하죠."

나에리스가 그랬듯 라키아도 단숨에 기네스를 삼켰다. 뜨끈한 기운이 식도를 타고 기분 좋게 내려갔다. 질리도록 마셔온 술이거늘 오늘의 맛은 또 달랐다.

"마르셀라, 지금이라도……!"

나에리스를 의식하는 동생의 마음을 아릴라우드는 백번 이해했다. 하지만 괜한 오기 때문에 평생을 두고 후회할 실수를 저지르는 것은 아닐지, 오빠로서 자못 걱정스러웠다.

그러나 그런 오라비의 마음을 아는지 모르는지, 그의 말이 끝나기도 전에 마르셀라가 컵을 들어 입으로 가져갔다.

"크흡!"

솟구치는 열기에 참지 못하고 신음을 뱉긴 하였지만, 한 방울도 남김없이 깨끗하게 잔을 비웠다.

"꼭 술 처음 먹는 사람 같다, 너?"

"그렇게 티 나니?"

차가운 물이라도 마시고 싶었지만, 같잖다는 듯 바라보는 나에리스의 시선에 마르셀라는 꾹 참았다.

"유난을 떠는 게 그런 것 같더라."

"자, 이젠 네 차례야."

마르셀라가 나에리스의 컵에 직접 기네스를 부었다. 이까짓 술쯤은 아무것도 아니라는 듯 나에리스가 여유 있게 기네스를 마셨다.

순서대로 라키아, 마르셀라, 다시 나에리스. 별말 없이 음주가 계속 이어졌다.

"내가 이기면 당신, 다시는 검을 들지 말라고 할 거야! 흥, 검도 못 드는 소드 마스터라니 웃기지 않겠어?"

몸은 제대로 가누고 있었지만, 발음이 이미 정상이 아니었다. 떵떵거리며 큰소리칠 때는 언제고 고작 여섯 잔만에 나에리스가 한계를 보였다.

입만 열지 않을 뿐, 마르셀라도 상태는 비슷했다. 그녀는 내려앉는 눈꺼풀을 억지로 치켜뜨려 애쓰며 자신의 차례를 기다렸다.

"누나, 그만 하고 일어나지?"

"아직 안 끝났는데, 내가 왜!"

피세르에게 버럭 소리치며 나에리스가 다시금 술잔을 단숨에 비웠다.

"무슨 놈의 술이 이렇게 독해! 내장이 다 녹아내리는 것 같네!"

술에 취한 나에리스의 말투가 거칠어졌다. 평소 술을 즐기는 그녀에게도 기네스의 독기는 만만치 않았다. 사실 이 정도까지 마셨다는 것만으로도 여자치고 술이 상당히 센 편임을 증명하는 것이었다.

"아직 세 병이나 남았습니다."

라키아가 막 마시려는 찰나, 똑바른 자세로 의자에 기대어 있던 나에리스가 별안간 몸을 휘청이며 탁자로 엎어졌다.

"누나!"

놀란 피세르가 재빨리 일어나 부축하였지만, 이미 그녀는 정신을 놓은 듯했다.

"이런."

기대와 달리 싱거운 결말에 라키아는 잠시 황당한 표정을 지었다.

질 거라고는 생각 안 했지만, 이렇게 금방 끝날 거라고도 예상하지 못했기 때문이다.

라키아가 눈살을 찌푸리며 남은 대결 상대인 마르셀라를 살폈다.

"괜찮을까?"

"글쎄."

술을 마신 건 리안이 아니라 마르셀라였다. 리안이 모르겠다는 듯 어깨를 으쓱이자 라키아가 잠시 뭔가를 고민하더니 들고 있던 컵을 내려놓았다.

"에이, 그냥 내가 진 걸로 해야겠군."

"일부러 져주겠다고?"

"오늘 술을 처음 마시는 사람이 기네스를 여섯 잔이나 마셨다. 속이 정상이겠냐?"

자칫 심하면 장기에까지 손상을 미친다는 얘기가 있을 만큼 기네스는 독한 술이었다. 버릇없는 공주를 혼내주려고 시작한 일에 엄한 사람을 잡을 순 없는 노릇이었다.

"혹시 모르니까, 리안 네가 회복 마법이라도 걸어줘라."

라키아의 부탁이 아니더라도 그럴 참이었다. 타국의 공주를 방문 첫날부터 술로 고생하게 할 수는 없었다.

"큐어!"

리안의 손에서 황금색 빛줄기가 새어나왔다. 그 빛이 리안의 손을 타고 나에리스 공주에게로 전이되더니, 그녀의 몸을 한 바퀴 빙 돌아가 이내 사라졌다.

"회복 마법에 슬립 마법을 더하였습니다. 내일 아침이면 무사히 깨어나실 테니 염려하지 않으셔도 됩니다."

"누나의 무례를 부디 용서해 주십시오. 성격이 제멋대로여서 그렇지 나쁜 뜻은 없었을 겁니다."

"아까 말씀드렸던 대로 오늘 일은 담아두지 않을 터이니, 돌아가서 푹 쉬십시오. 밤이 깊었습니다."

피세르가 고맙고 미안하다는 말을 반복하고는 누나를 등에 업고 황급히 숙소로 떠났다.

그때까지도 마르셀라는 마치 석상이라도 된 것처럼 꿋꿋하게 자리를 지키고 앉아 있었다.

"회복 마법을 걸도록 하겠습니다."

걱정에 찬 아릴라우드 왕세자를 안심시키며 리안이 마법을 시전했다.

"큐……!"

"소원……."

그때 갑자기 마르셀라가 아쉬운 듯 목소리를 냈다.

"제 소원은……."

리안은 잠시 멈추고 귀를 기울였다. 띄엄띄엄 그녀의 음성이 이어졌다.

"대련 한 번만…… 간절히 바라던……."

그것이 끝이었다. 정신이 한계에 다다른 듯 결국 그녀가 오빠의 품으로 쓰러졌다.

라키아가 손가락으로 자신을 가리키며 말했다.

"나와 대련을 하고 싶다는 걸로 들렸는데, 맞아?"

"그런 것 같은데?"

둘은 잘못 들은 게 아닌가 싶어 아릴라우드를 쳐다봤

다.

"저, 그게……."

동생의 프라이버시였다. 마르셀라를 안은 채 망설이던 왕세자가 어쩔 수 없이 털어놓았다.

"어린 시절부터 바라던 녀석의 꿈입니다."

"꿈이요? 저와의 대련이 말입니까?"

"마르셀라가 검을 배우기 시작한 게 백작님 때문입니다. 아홉 살 때부터 백작님의 아주 열렬한 팬이었죠. 이번 사절단에 끼어달라고 조른 것도 아마 백작님을 만났고 싶어서였을 겁니다."

"공주님이 제법 사람을 볼 줄 아시는군요."

싫지만은 않은 듯 라키아가 히죽 웃었다.

"언제든 찾아오라고 전해주십시오. 단, 엄살 피우지 않을 자신이 있다면요."

"헤에……."

그런데 언제부터였을까?

왕세자의 가슴에 기대어 있던 마르셀라가 게슴츠레 눈을 뜨며 대답했다.

"네에…… 감사합니다……."

초점 없는 눈동자에 의식 또한 혼미했지만, 입가에 피어난 미소만은 무척이나 행복해 보였다.

그 순간 리안은 예감했다.

앞으로 혼사 문제로 두통에 시달릴 사람은 자신이 아니라 라키아란 것을. 지나간 일이지만 정색하며 화를 냈던 것이 미안해지는 순간이었다.

제10화

개통식

"여기가 칼리스타 뱅크야. 황도에서 돈이 제일 많은 곳이지."

"돈은 조엘 상단에도 많지 않아?"

까만 피부에 노란색 머리를 양 갈래로 묶은 어여쁜 소녀였다. 그녀가 초롱초롱한 눈동자를 빛내며 루크에게 물었다.

"그렇긴 한데, 칼리스타 뱅크를 따라갈 수는 없어. 우린 물건을 사고팔지만, 뱅크는 돈을 저축하는 곳이거든."

"돈을 저축해? 자기가 가지고 있는 게 아니고?"

"응, 뱅크에서 이자를 주거든. 시간이 지나면 돈이 불어나게 되니까 많이들 이용하는 편이야."

묘인족인 하라에게는 이해하기 힘든 개념이었지만, 그녀는 알아들은 척 넘어갔다.

"저기에 줄 서 있는 인간들은 뭐야?"

"이번에 연금 복권이라는 게 새로 나왔대. 당첨되면 돈을 주는 건데, 그걸 사려고 모여든 거야."

"돈을 주는 거면 되게 좋은 건가 보네? 루크는 가서 안 사?"

"다음에. 오늘은 여기저기 구경시켜 주기로 했잖아. 개통식에도 가야 하고."

"그 개통식 꼭 가야 해? 그냥 우리 둘이 놀면 안 돼?"

묘인국 사신단에 들기 위해서 그녀가 얼마나 길고 긴 투쟁을 하였는지 루크는 모를 것이다. 그녀에게는 루크의 손을 잡고 인간 세상을 거닐고 있는 지금이 그저 꿈만 같았다.

"하라, 개통식에 가면 볼거리가 얼마나 많은데그래? 넌 터미널이 어떻게 지어졌을지 궁금하지도 않아?"

"터미널? 그건 뭔데?"

인간 세상이 처음인 하라에게는 모르는 것투성이였다. 자신 또한 처음 묘인국에 갔을 때 그러했기에, 루크는 전혀 귀찮은 내색 없이 설명했다.

"음, 워프 마법이 뭔지는 알지?"

"그럼. 먼 거리도 한 번에 이동할 수 있는 마법이잖아. 나 며칠 전에 그거 타고 너한테 온 거라니까?"

마법이 발동하기 직전까지는 조금 무서운 마음이 들긴 했지만, 루크를 보겠다는 일념 하나로 버틴 끝에 무사히 제국에 올 수 있었다.

하라가 칭찬해 달라는 듯 머리를 내밀자 루크가 다정스레 쓰다듬었다.

"알아, 내 말은 워프 마법을 시전하려면 마법진이 필요하잖아? 터미널은 그 마법진을 서로 연결해주는 장소야."

"그거 아무 데서나 할 수 있는 거 아니었어? 여기 올 때 보니까 리안 님은 그냥 공터에다가 그려서 하시던데."

"그건 리안 님이 대마법사이시니까 가능한 거야. 보통의 마법사들은 반드시 게이트라는 게 있어야지만 워프 마법을 발동시킬 수 있어. 그 게이트가 있는 곳을 통칭 터미널이라고 부르는 거고. 마차 정류소 같은 거라고 해야 할까?"

"마차 정류소?"

그건 또 뭐냐는 듯 하라가 고개를 갸웃하자 루크가 우측을 가리켰다.

"저기 마차 보이지? 저곳이 바로 마차 정류소야. 너희 묘인족과 달리 우리 인간들은 체력이 약하기 때문에 먼 거리를 이동할 때는 마차가 필요하거든. 큰 도시에는 저런 정류소가 곳곳에 설치되어 있어서 유용하게 쓰이고 있어."

"아아, 그렇구나. 나중에 나도 저 마차라는 거 한번 타고 싶다! 루크, 태워줄 거지?"

하라가 코앞까지 얼굴을 들이밀며 방긋방긋 웃었다. 루크가 약속했다.

"그래, 묘인국으로 돌아가기 전에 꼭 한번 타자."

"아싸! 시토 언니에게 자랑할 거 또 하나 생겼다!"

아직 마차는 타지도 않았는데 미리부터 신이 난 하라가 깡충깡충 뛰었다.

"시토 누나는 잘 계시지?"

"그럼~ 요새 연애한다고 엄청 바쁘다니까. 곧 결혼할 것 같기도 해."

"진짜? 상대가 누군데?"

"나도 몰라. 아무리 물어봐도 안 가르쳐주더라고."

섭섭했는지 하라가 입술을 삐죽거렸다.

"그치만 틴이라는 것만은 확실해! 어쩌다 잠깐 말이 나왔는데 이름이 류로 시작했거든."

"오, 그러면 누나의 이름이 류시토로 바뀔 수도 있겠구나?"

"시집을 간다면 바뀌겠지. 그런데 시토 언니 결혼식에 루크도 참석할 수 있을까?"

"당연하지! 꼭 가서 축하해 줄게!"

상단의 일원으로 묘인국을 몇 번 방문하기는 했지만, 결혼식에는 가본 적이 없었다. 평민이었던 시토 누나가 귀족이 될 수도 있다는 소식에 루크는 괜스레 기분이 좋아졌다.

"그때도 리안 님이 워프 마법으로 데려다 주시면 좋겠다. 그래야 루크 네가 고생 안 하지."

"하라 너 아직 얘기 못 들었구나?"

"응? 무슨 얘기?"

"좀 전에 말한 터미널 말이야. 그거 묘인국에도 설치하기로 이미 결정 났어."

"뭐? 정말이야?"

하라의 커다란 눈이 믿기지 않는다는 듯 번쩍 떠졌다.

"내가 왜 그런 거짓말을 하겠냐? 작년에 국교 수립도 했잖아. 아마 예전보다 더 활발하게 오갈 수 있을 거야."

"우왕! 그럼 우리 이제 아무 때나 막 만날 수도 있겠네? 꺄아아악! 어떡해, 루크! 완전 좋다!"

뜻하지도 않은 기쁜 소식에 하라가 비명을 지르며 루크를 껴안았다. 아무 때나 스킨십 하지 말라며 그렇게 당부했건만 역시나 이번에도 잊은 게 분명했다.

지나가던 행인들이 쿡쿡거리며 돌아보자 루크의 얼굴이 새빨개졌다.

"하라, 이제 그만 진정하고 가자. 이러다 늦겠어."

겨우 품에서 하라를 떼어내며 루크가 재촉했다.

"개통식에 벌써 가야 해?"

"명당자리를 차지하려면 지금도 늦었을걸?"

개통식은 올해에 열리는 가장 큰 행사였다. 역사에 길이 남을 그 첫걸음을 루크는 꼭 직접 눈에 담고 싶었다.

"알았어. 대신 내일도 나랑 놀아줘야 한다?"

"그래, 얼마든지."

일이 산더미처럼 밀릴 게 뻔하지만, 하라를 혼자 둘 수는 없었다. 루크가 승낙하자 하라가 언제 그랬냐는 듯 함박웃음을 지으며 '가자!'를 외쳤다.

*   *   *

터미널은 하나의 작은 성을 방불케 했다. 규모가 워낙에 크다 보니 도심의 외곽에 지어졌지만, 터미널 안에는 없는 게 없었다.

가장 눈에 띄는 것은 옥내 중앙에 걸린 시간표였다. 멀리서도 확인할 수 있게 큼지막한 글자로 이동할 도시의 이름과 시각이 순서대로 적혀 있었다.

기다리는 손님들을 위해서 터미널 곳곳에 편하게 쉴 수 있는 벤치가 마련되어 있었고, 식당과 찻집은 물론 물건을 살 수 있는 상가도 조성되어 있었다.

개통식을 구경하러 온 사람들 덕분에 모든 상가가 개업 첫날부터 호황을 누리고 있었다.

"오빠!"

터미널의 가장 위층에는 여러 종류의 파티를 열 수 있는 연회장이 마련되어 있었다. 오전부터 그곳에서 각국의 인사들을 상대하느라 지쳐 있던 리안에게 반가운 목소리가 들린 것은 개통식이 얼마 남지 않은 무렵이었다.

"레지나!"

두어 달 만에 만나는 레지나의 몸은 이전과는 확연히 달라져 있었다. 부풀어 오른 동생의 배가 리안은 어쩐지 대견하면서도 낯선 느낌이었다.

"잘 지냈어? 후작님도 안녕하셨죠?"

리안의 옆에는 언제나처럼 차이가 지키듯 서 있었다. 레지나의 인사에 차이가 말없이 고개를 까딱였다.

"밖에 사람들 엄청나게 많더라. 오빠, 개통식 진심으로 축하해!"

"몸도 무거울 텐데 뭐 하러 왔어."

"중요한 날인데 내가 꼭 와야지, 무슨 소리야! 그리고 나 괜찮아. 걷는 게 좀 흉해 보여서 그렇지, 거뜬해."

레지나가 상관없는 팔뚝을 뽐내며 싱긋이 웃었다.

"흉하지 않다는데도 그러시오."

아내의 어깨에 다감한 손길을 올리는 이는 조금 전까지만 해도 시안 왕국의 사절단과 얘기를 나누고 있던 라테스였다. 그가 손수 음료수를 집어 레지나에게 건넸다.

"그건 폐하의 생각이시고요. 남들은 그렇지 않다고요."
"남편인 내 생각이 남들 시선보다 중요하지 않은 거요?"
"그런 뜻 아닌 거 아시잖아요."
"연회장에 도착해서도 나보다 처남을 먼저 찾지 않나. 좀 서운해지려고 하오."
"지금 여기서 부부 싸움이라도 하자는 거세요?"

레지나가 리안의 눈치를 살피며 남편의 귀에 대고 속삭였다. 그러자 황제도 똑같이 레지나의 귓가에 속닥였다.

"그런 건 아니오."
"그런데 왜 그러시는 거예요?"
"장난 한번 쳐봤소."
"뭐라고요?"

어이없어하는 아내를 보며 라테스가 재밌다는 듯 크게 웃었다. 덕분에 이목이 쏠렸지만, 그는 상관하지 않았다. 부끄러워하는 것은 레지나 혼자였다.

"역시 황후는 나의 활력소요."

잠시 얼굴을 맞댄 것만으로도 라테스는 쌓였던 피로가 가시는 느낌이었다.

"난 다시 가볼 테니 처남과 시간 나누시오. 이따가 개통식에서 봅시다."

아내의 뺨에 키스한 후 라테스가 다시 연회장 속으로 사라졌다.

"오빠, 폐하께서 조금 이상하신 거 같지 않아?"
"아니, 전혀 그렇게 안 보이시는데?"
"오빠가 못 봐서 그래. 전보다 장난도 많이 느셨고, 가끔은 아무 말도 안 했는데, 혼자서 막 웃기도 하신다니까?"
"웃는 게 왜 이상해. 좋으니까 웃으시는 거겠지."
"그거야 그렇지만, 하도 뜬금없이 웃으시니까……."
"곧 태어날 아기 때문일 거야. 생각하면 할수록 기쁘신 거지."

그건 리안도 마찬가지였다. 태어날 조카만 생각하면 절로 입가에 미소가 그려졌다.

"그리고 요즘 바쁘신 거 알잖아. 지금도 말이 연회지, 일의 연장이실 거다. 피곤하신 와중에 널 봐서 기쁘신 거야."
"그런가?"

살짝 당황했을 뿐, 남편의 그런 태도가 레지나도 싫은 것은 아니었다.

"그보다 계속 이렇게 서 있으면 힘들지 않아? 안에 들어가서 좀 쉬는 게 어때?"
"응, 오빠 얼굴 봤으니까 나도 그게 좋겠어. 사실 약간 힘든 참이었거든."

임산부가 되고 나니 걷는 것보다 서 있는 게 힘들었다. 레지나가 뒤늦게 이실직고를 하며 배시시 웃었다.

"제가 모시겠습니다."

리안은 파티의 주최자였다. 옆에서 개통식 명단을 살펴보고 있던 엘이 잠시 용무를 접고 레지나를 휴게실로 안내했다.

"리안, 나 왔어!"

그때 아사가 형 아신과 함께 연회장에 나타났다. 화려한 터번으로 머리를 감싼 묘인족의 독특한 복장은 오늘도 여지없이 사람들의 시선을 끌어모았다.

"오셨어요."

아신과는 그를 데리러 묘인국에 갔을 때 잠깐 만났던 것을 빼고는 오늘이 처음이었다.

외무대신 업무와 막바지 개통식 준비로 그간 리안은 몸이 두 개라도 모자랄 정도로 바쁜 시간을 보냈다.

"얼굴이 많이 상했군."

리안을 살핀 아신의 첫마디였다. 보기만 해도 찬 서리가 일 것 같은 냉엄한 인상과 달리 그의 눈빛과 말투엔 리안을 향한 염려가 배어 있었다.

"며칠 잠을 제대로 못 자서 그럴 겁니다. 괜찮으니 걱정 마십시오."

"게이트를 만드는 것이 쉬운 일이 아니라고 들었는데, 내가 괜한 부탁을 한 건 아닌지 모르겠군."

"묘인국에 터미널을 짓는 건 전부터 생각하던 일입니다. 아신 님이 말씀하시기 전부터 홀로 결정했던 일이니 마음

쓰지 마십시오."

"그래, 형! 그건 리안이 아주 예전부터 나한테 약속했던 거야. 그래야 내가 편하게 왔다 갔다 하지. 리안이 내게 주는 선물이랄까?"

앞으로는 바쁜 리안에게 부탁하지 않고도 자유롭게 묘인국과 제국을 오갈 수 있었다. 그것은 아사에게 형과 리안을 보고 싶을 때마다 볼 수 있다는 의미였다.

다시 생각해도 신이 나는지 아사가 키득거리며 리안을 꽉 끌어안았다.

"고마워, 리안!"

"그런데 라문 님은?"

라키아의 예상대로 라문도 이번 방문에 따라왔다. 당연히 있어야 할 그가 보이지 않자 리안은 의아했다.

"몰라. 아까부터 안 보이던데? 사드, 넌 알아?"

아신의 수호묘인 사드는 아신이 가는 곳이라면 어디든 따라가는 그림자였다. 그가 모르겠다며 고개를 가로젓자 아사가 이마를 찡그렸다.

"그러고 보니 류지도 안 보이잖아. 둘이 어디로 샌 거지?"

인간 세상이 이제 위험하지 않다는 판단이 든 것인지, 요즘 부쩍 개인적인 시간을 보내는 류지였다. 잔소리를 듣지 않아 편하긴 하지만 왠지 아사는 조금 심심했다.

"류지가 같이 있다면 별일 없을 거야."

말은 그렇게 했어도 라문이라면 사고를 칠 가능성이 농후했다. 리안은 아사 모르게 사람을 불러 라문을 찾아보라 일렀다.

그때였다.

"우와, 여기들 계셨습니까? 참으로 오랜만입니다!"

온천 여행을 마지막으로 신기루처럼 사라졌던 센이 다시 그들 앞에 모습을 드러냈다.

"오, 빨간 눈!"

이전이나 지금이나 그를 제일 좋아하는 건 역시 아사였다. 녀석이 누구보다도 센을 반갑게 맞이했다.

그런 동생의 반응 때문인지 아신이 은백색 눈동자를 빛내며 센을 살피는 게 느껴졌다.

"요즘 왜 이렇게 안 보였어? 어디 갔다 온 거야?"

"절 찾았습니까?"

"응, 물어보고 싶은 게 있었거든."

돌연 녀석이 아신을 가리켰다.

"여긴 우리 형이야. 생일은 8월 4일. 별자리 얘기해줄 수 있지?"

'쿵.'

리안은 눈을 감았다. 다른 날보다 유독 센을 챙긴다 했더니 과연 숨은 뜻이 있었다.

어쨌거나 별자리 얘기라면 울다가도 울음을 멈추고 달려들 센이었다. 그가 몸을 바짝 기울이며 기다렸다는 듯 대꾸했다.

"8월 4일이면 사자자리입니다. 전에 설명해 드렸었는데 기억하시나요?"

"어, 기억나. 흰머리 자식이 사자자리였잖아."

생각지도 못한 사실에 불쾌하다는 듯 아사가 있는 대로 인상을 써댔다.

"하필 기분 나쁘게 왜 흰머리 자식이랑 우리 형이랑 똑같지? 그럼 형이랑 흰머리랑 같은 운명인 거야? 엉?"

"그렇게 화내실 것 없습니다. 별자리가 같다고 해서 운명까지 같은 것은 아니니까요. 그 사람의 성격이나 사고방식, 마음가짐에 따라 운명은 개척되는 것입니다."

원래도 좋았지만, 안 본 사이에 말솜씨가 더 좋아진 듯했다. 그걸 증명이라도 하듯 울상이던 아사가 다시 흥미를 보이며 귀를 쫑긋 세웠다.

"그럼 우리 형한테 특별히 해줄 말 같은 거 있어?"

"음, 뭐랄까요……."

센이 아신을 쭉 훑어내렸다.

"사자자리의 특징 중 하나가 자존심이 무척 강하다는 겁니다. 이것이 때로는 약점으로 작용할 수가 있지요. 가끔은 그것을 내려놓을 필요가 있습니다."

"……!"

아신은 적잖이 놀랐다.

상대는 별 뜻 없이 뱉은 말일지 모르지만, 얼마 전 그는 큰 실수를 저질렀다.

그것은 다름 아니라 자존심 때문이었고, 늦게나마 그것을 내려놓고서야 아사를 지킬 수 있었다.

별자리에 대한 호기심이 아신에게도 생기는 순간이었다.

"또, 또 없어?"

"글쎄요. 사자자리가 워낙 태생부터 잘난 사람들이라서 제가 딱히 충고해 드릴 것이 없네요. 사자자리는 그냥 본인의 직관을 믿고 그걸 그대로 실천하면 대부분 해결이 됩니다. 물론 자만은 금물이지만요."

"역시 우리 형 별자리답다!"

흰머리와 같은 별자리인 것이 좀 찜찜하긴 하나, 마음에 쏙 드는 설명이었다. 아사가 아신을 올려다보며 자랑했다.

"형, 들었지? 형 별자리 되게 좋은 거래! 참고로 난 양자리다. 행운이 무지하게 많은 별자리래! 좋겠지?"

녀석이 헤실헤실 웃더니 이번에는 사드에게 물었다.

"사드, 넌 생일이 언제야? 빨간 눈 본 김에 우리 다 물어보자."

"……."

"사드, 생일 언제냐고!"

"……전 괜찮습니다."

"괜찮기는 뭐가 괜찮아. 얼른 말해 보라니까?"

"……."

아사가 채근했지만 사드는 다시 입을 열지 않았다. 리안이 볼 때 그는 묻는다고 해서 생일을 말할 타입도 아니지만, 설사 별자리에 대해 설명해 주어도 귀담아들을 성격도 아니었다.

"아사, 당사자가 괜찮다잖아. 별자리 얘기는 여기서 그만 하자."

"안 돼, 리안! 빨간 눈 만나면 내가 물어보려고 벼르고 있었단 말이야."

"그래도 본인이 원하지 않잖아. 억지로 그러는 거 아니야."

"11월 11일."

"그러니 우리 다음……?"

아사를 막 타이르던 리안은 순간 자신의 귀를 의심했다. 사드의 생일을 말한 건 다른 사람도 아니고 아신 바로 그였기 때문이다.

"아신 님……?"

가장 놀란 건 사드였다. 그가 리안이 한 번도 본 적 없는 표정으로 자신의 주군을 응시했다.

"내가 궁금해서."

짧은 해명이었다. 당황하긴 했으나 사드는 이내 받아들이는 눈치였다.

"11월에 11일이라. 오랜만에 보는 전갈자리 태생이로군요."

"전갈자리? 와, 그건 또 처음 듣는다!"

아사는 이제 센의 말에 완전히 집중했다.

"혹시 어린 시절이 불행하지 않으셨나요?"

센의 뜬금없는 질문에 아신은 또 한 번 깜짝 놀랐다. 주인의 돌발 행동에 흔들리던 사드의 탁한 회색빛 눈동자 역시 더욱 깊게 가라앉았다.

센의 얼굴에 연민의 빛이 떠올랐다.

"전갈자리의 삶은 곧 시련이라는 얘기가 있습니다. 대다수의 전갈자리가 강렬한 고통과 실망을 경험한 전적이 있지요. 하지만 너무 우울해하실 필요는 없습니다. 불운을 헤쳐 나갈 독특한 재능도 함께 부여받았으니까요."

"그 재능이 뭔데?"

"지옥의 소굴에서도 오뚝이처럼 일어설 수 있는 근성입니다."

"오, 근성. 사드랑 어울린다, 어울려!"

아사가 손뼉까지 치며 열광했다.

"목표한 것은 반드시 이루고야 마는 끈질김도 갖추고 있지요. 때로는 그것이 집착이 되기도 하지만, 어쨌든 그들은 불굴의 의지로 불행을 견뎌낸답니다. 두려움에 항복하지 마십시오. 포기하지 않는다면 언젠가는 희망이 보일 겁니다."

리안의 착각일지 모르지만, 어느 때보다 센의 말투가 진지했다. 그가 덧붙였다.

"마지막으로 하나만 덧붙이자면 전갈자리는 불운한 어린 시절 때문에 매사 부정적인 면부터 생각하고 보는 경향이 있습니다. 모든 것은 바라는 대로 이루어진다는 말이 있지 않습니까? 될 수 있으면 긍정적인 생각을 많이 하십시오. 전갈자리도 당연히 행복해질 수 있습니다."

"당연한 소리! 사드가 말이 없어서 그렇지, 형 옆에 있는 지금 충분히 행복할걸? 안 그래?"

"……."

"저 봐, 저 봐. 형하고 둘이 있을 땐 말만 잘하면서 나하고는 입도 벙긋 안 한다니까."

내심 서운했는지 아사가 양볼을 부풀렸다.

"에이, 내가 착해서 그냥 넘어간다."

그런 동생이 귀엽다는 듯 아신이 녀석의 머리를 쓰다듬었다.

'라키가 없으니 분위기가 나름 화기애애하구나.'

리안은 새삼 다행이란 생각이 들었다.

만나기만 하면 으르렁거리는 아사에, 아신과 사드는 세

트로 증오의 대상이었고, 첫인상부터 눈 밖에 난 센 역시 구실만 있으면 달려들기 일보 직전이었다.

비앙카에게 집적이는 귀족들 단속하느라 코빼기도 비치지 않는 라키아가 오늘만큼은 조금도 아쉽지 않았다.

"이제 가셔야 할 시간입니다."

때마침 엘이 개통식의 시작을 알리러 일행에게 다가왔다.

"엘!"

그녀만 보면 치근덕거리기 바쁜 센이 금일도 여지없이 냉큼 그녀에게 붙었다.

"나 보고 싶지 않았습니까?"

"그럴 리가요."

엘이 눈길조차 주지 않고 냉랭하게 답했지만, 센은 물러서지 않았다.

"에이, 또 튕긴다. 아무리 튕기는 게 여자의 매력이라지만 가끔은 속마음을 보여줄 줄도 알아야 한다고요. 당근과 채찍, 들어봤죠?"

"채찍만 든 여자도 있다는 걸 리즈완 백작님께선 모르시나 보군요."

"헉! 설마…… 엘 양, 그런 쪽이었습니까?"

센이 움찔거리며 엘에게서 떨어졌다. 갑작스러운 이상 행동에 본체만체하던 엘이 처음으로 그를 돌아봤다.

"그런 쪽이라니요?"

"그게…… 육체적, 정신적으로 고통을 줌으로써 만족을 하는……."

"뭐라구요!"

무슨 소린가 싶어 조용히 듣고 있던 엘이 버럭 괴성을 내질렀다. 그 탓에 주변의 눈초리가 모두 쏠렸지만 엘은 상관하지 않았다. 아니, 보지 못했다는 게 더 정확한 표현이었다.

"리즈완 백작님, 경고하는데요! 앞으로 다시는 제게 어떤 말도 붙이지 마세요. 아예 눈앞에 나타나지 말라고 하고 싶지만, 백작님이시니 그 말만은 참겠습니다."

"제 앞에선 어떤 말도 참지 않으셔도 되는데요."

"제게 말 붙이지 말라고 했죠!"

엘의 기세가 어찌나 살벌한지 리안은 차마 말릴 생각도 하지 못했다.

이번만큼은 센도 좀 너무했다 싶었는지 목을 쑥 집어넣으며 한발 비켜섰다.

"공작님, 지체하시다가는 개통식에 늦겠습니다."

"아, 네."

리안에게 건네는 말투마저 찬바람이 쌩쌩 돌았다. 그녀의 심기를 더 상하게 하고 싶지 않아 리안은 서둘러 엘을 따라 개통식장으로 향했다.

*   *   *

 개통식에 앞서 리안은 제국 전역에 광고를 내보냈다. 마법을 공부한 이들에게도 터미널이란 생소한 것이었다. 그렇기에 광고를 통해 조금이나마 이해를 돕고 싶었다.

 그런 리안의 노력 덕분에 이제 터미널이 무엇인지 모르는 제국민은 없게 되었다.

 경험해 보지 않은 두려움과 과연 제대로 작동할 것인지에 대한 의구심은 있었지만, 다들 그저 신기해하기보다 편리하겠다는 의식을 많이 갖게 되었다.

 리안은 제국민들의 그런 인식을 극대화하기 위해 개통식이 열리고 향후 한 달 동안은 모든 터미널을 무료로 개방하겠다고 약속하였다.

 첫 개통에 참여할 체험단도 신분의 고하 없이 이미 모집한 상태였고, 각 게이트마다 만일의 사태를 대비한 모든 준비 또한 갖춰 놓았다.

 그동안 멀어서 가지 못하고 있던 고향을 방문하는 사람들, 연락이 끊겼던 친척 집을 찾아 나서겠다는 사람들 등 벌써부터 반응들이 아주 뜨거웠다.

 "칼리스타 공작님이다!"

 개통식이 다가오자 안 그래도 발 디딜 틈 없이 꽉 차 있던 터미널이 더 많은 인파로 북적였다.

지금껏 리안을 소문으로만 접했던 이들이 리안에게서 흘러나오는 황금빛 광채를 보고 너나 할 것 없이 소리를 질렀다.

멀리서도 리안은 단연 눈에 띄었다. 아름다운 용모도 용모지만, 그 신비한 분위기에 다들 입을 다물지 못했다.

"황제 폐하시다!"

오늘의 개통식은 제국, 나아가 대륙 전체의 경사였다. 그러한 자리에 황제인 라테스가 빠질 수 없었고, 각 나라에서 온 대신들 또한 영광스러운 마음으로 참석했다.

리안과 황제를 포함한 중요 인사들이 게이트 앞에 일렬로 늘어섰다. 그들 손에는 모두 가위가 들려 있었고, 다른 한 손에는 오색 찬란한 긴 천이 쥐어져 있었다.

그들 맞은편에는 언제 준비했는지 대형 크기의 케이크가 마련되어 있었다. 그 주변을 둘러싼 아이들이 케이크를 보며 입맛을 다실 때 장내에 은은한 울림이 전해졌다.

"이제부터 개통식을 거행하겠습니다. 모두 주목하여 주십시오."

떠들썩하던 실내가 대번에 고요해졌다. 미리 걸어두었던 증폭 마법을 타고 터미널 사업의 취지와 목표에 관한 설명이 차분히 이어졌다.

지루하다 싶을 정도의 긴 설명이 끝나고, 드디어 커팅식 차례가 왔다.

"하나, 둘, 셋!"

누군가의 구령에 따라 가위를 든 인사들이 힘껏 손을 구부렸다.

"와아아아아!"

요란한 박수 소리가 주위를 메웠다. 케이크 앞은 몰려드는 아이들로 이미 정신이 없을 지경이었다. 대기하고 있던 안전 요원들이 아니었으면 큰 사고라도 날 판이었다.

"공작님 차례입니다."

사전 행사는 모두 끝났다. 가장 중요한 게이트의 시범 운항만이 남았고, 그것은 오늘 리안이 할 일이었다.

이번에 리안이 새로이 제작한 워프 게이트는 오십여 명의 사람이 한 번에 이동할 수 있는 구조였다.

그렇기에 전과는 크기부터가 달랐고, 운행 방식도 약간은 다르지만, 전체적인 모양만큼은 비슷했다.

거대한 원형의 빛 기둥 안에 일반인들은 알 수 없는 글자와 문양들이 허공에 붕 뜬 채로 원을 따라 돌고 있었다. 그것들은 각기 고유의 색을 띠고 있었으며, 마차 살아 있는 듯한 느낌이었다.

빛 기둥의 제일 위쪽에는 빛나는 돌이 자리하고 있었는데, 그것이 바로 마정석이었다.

현 세상에서는 구할 수도 없는 최상급의 마정석이 요요한 빛을 뿜어내며 보는 이들을 유혹했다.

리안은 홀로 게이트 앞으로 걸어갔다.

그때 터미널 중앙에 걸린 시계가 딸깍거리며 오후 1시를 알렸고, 가장 위에 쓰여 있던 도시의 이름이 붉게 번쩍였다.

라모스

"라모스시로 이동하실 분 나와주십시오!"

직원의 음성에 대기하고 있던 신청자들이 우르르 쏟아졌다.

인원은 총 서른두 명이었다. 게이트 안으로 들어간 그들이 걱정 반 기대 반의 얼굴로 리안을 주시했다. 몇몇은 공중에 떠 있는 문양들을 만지려고 시도하기도 했다.

리안은 안심하라는 뜻에서 미소를 지어 보였다. 그들은 사전에 들었던 대로 게이트 밖으로 옷깃 하나 넘어가지 않도록 조심 또 조심했다.

리안은 천천히 마나를 운용했다. 이미 좌표는 설정되어 있었고, 곧이어 라모스 측에서 응답이 왔다.

"즐거운 여행이 되길 바랍니다."

리안은 망설임 없이 시동어를 외쳤다.

"워프!"

느리게 움직이던 글자와 문양들이 빠른 속도로 기둥을 돌기 시작했다.

우우우웅.

얌전히 자리를 지키고 있던 마정석에도 돌연 진한 빛이 솟구쳤다. 모두가 숨을 죽이며 지켜보는 찰나, 별안간 환한 불빛이 번쩍하더니 다음 순간 흔적도 없이 서른두 명의 사람이 사라졌다.

"와아! 성공이다!"

지금 당장 확인할 길은 없었지만, 어쨌든 눈앞에 있던 사람들이 없어졌다. 마법과도 같은 그 장면에(실제로 마법이 맞지만) 사람들이 환호하며 얼싸안았다.

우우웅!

게이트에서 다시금 소리가 난 것은 그때였다. 처음의 고요한 상태로 돌아갔던 마정석이 갑자기 요란하게 깜박이며 울어댔다.

모두가 고장이라도 난 것일까 생각하는 사이, 또다시 환한 불빛이 게이트를 관통했다. 그리고 비어 있던 그곳에 웬 사람들이 나타났다.

총 열두 명이었는데, 그들은 전부 얇은 반소매 차림이었고 피부가 제국민치고는 거뭇한 편이었다.

"도착한 건가?"

그들은 굉장히 어리둥절해 보였다. 몇 사람이 게이트에서 내려오며 조심스레 물었다.

"여기가 황도 맞습니까?"

그들의 억양에는 남부 사투리가 섞여 있었다.

"혹시 남쪽에서 온 거요?"

그에 반문하자 그들이 말했다.

"예, 방금 전까지는 우리는 소머빌에 있었습니다."

황도에는 이제 봄이 왔지만, 남부의 항구 도시인 소머빌은 여름을 맞이하고 있었다. 일행의 얇은 옷차림을 그제야 이해하며 사람들이 하나둘 놀라기 시작했다.

"저기 도착 도시에 소머빌이라고 쓰여 있네요!"

게이트에 시선이 팔린 나머지 이제야 발견했다. 터미널 중앙에 걸린 시간표에서 소머빌이라는 이름 세 글자가 노란색으로 반짝이고 있었다.

"진짜 소머빌에서 온 게요?"

"소머빌에도 터미널이 생긴 겁니까?"

사람들은 보고도 믿기지가 않았다.

소머빌은 제국의 가장 끝에 위치한 도시였다. 아무리 마법이라지만 조금 전까지만 해도 그곳에 있던 사람이 황도에 와 있다는 사실에 다들 놀라움을 금치 못했다.

"이들이 조금 전까지만 해도 소머빌에 있었답니다!"

"워프 게이트는 안전해요!"

이제까지와는 다른 환성이 터져 나왔다. 뒤늦게 워프 게이트의 힘을 실감한 시민들이 고함을 지르며 함성을 내질렀다.

타국의 대신들도 감동하며 흡족해했고, 당연히 이러한 결과를 예측하고 있던 측근들은 만족해하며 리안의 노고에 경의를 표했다.

켄트

 다음 도착 도시를 알리는 불빛이 계속해서 새어나왔다.
 연신 쏟아지는 축하의 홍수 속에서 리안은 다짐했다.
 지금은 그저 워프 마법을 이용한 터미널 사업일 뿐이지만, 오늘을 발판 삼아 대륙에 다시금 마법을 부흥시키겠노라고.
 이유는 알 수 없지만, 그것이 자신에게 새로운 인생을 살게 한 신의 뜻일 거라고 리안은 생각했다.

 그렇게 시간이 흘러 네 번의 겨울이 지나고 다섯 번째 봄이 찾아왔다.

『마법군주』 12권에서 계속

드래곤이라면 역시

2월 14일

엘의 독서용 머리

여자의 변신

동생은 귀엽고 오빠는 쿨

힘센 우리 형, 우리 오빠

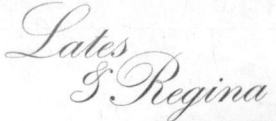

오빠, 나도…

그래서 남편이 해줬습니다 →

DREAMBOOKS

DREAMBOOKS

DREAMBOOKS

DREAMBOOKS